SMS para você

Sofie Cramer

SMS para você

Tradução
Karina Jannini

JANGADA

Título do original: *Sms Für Dich*.
Copyright © 2016 Rowohlt Verlag GmbH, Reinbek bei Hamburg.
Copyright da edição brasileira © 2021 Editora Pensamento-Cultrix Ltda.
1ª edição 2021.
Todos os direitos reservados. Nenhuma parte desta obra pode ser reproduzida ou usada de qualquer forma ou por qualquer meio, eletrônico ou mecânico, inclusive fotocópias, gravações ou sistema de armazenamento em banco de dados, sem permissão por escrito, exceto nos casos de trechos curtos citados em resenhas críticas ou artigos de revistas.

A Editora Jangada não se responsabiliza por eventuais mudanças ocorridas nos endereços convencionais ou eletrônicos citados neste livro.

Esta é uma obra de ficção. Todos os personagens, organizações e acontecimentos retratados neste romance, são também produtos da imaginação do autor e são usados de modo fictício.

Editor: Adilson Silva Ramachandra
Gerente editorial: Roseli de S. Ferraz
Preparação de originais: Danilo Di Giorgi
Gerente de produção editorial: Indiara Faria Kayo
Editoração Eletrônica: Join Bureau
Revisão: Erika Alonso

Dados Internacionais de Catalogação na Publicação (CIP)
(Câmara Brasileira do Livro, SP, Brasil)

Cramer, Sofie
 SMS para você / Sofie Cramer; tradução Karina Jannini. – 1. ed. – São Paulo: Editora Jangada, 2021.

 Título original: SMS für dich
 ISBN 978-65-5622-021-5

 1. Ficção alemã I. Título.

21-80708 CDD-833

Índices para catálogo sistemático:
1. Ficção: Literatura alemã 833
Maria Alice Ferreira – Bibliotecária – CRB-8/7964

Jangada é um selo editorial da Pensamento-Cultrix Ltda
Direitos de tradução para o Brasil adquiridos com exclusividade pela
EDITORA PENSAMENTO-CULTRIX LTDA., que se reserva a
propriedade literária desta tradução.
Rua Dr. Mário Vicente, 368 – 04270-000 – São Paulo, SP – Fone: (11) 2066-9000
http://www.editorajangada.com.br
E-mail: atendimento@editorajangada.com.br
Foi feito o depósito legal.

Para Björn

Prólogo

– Bom dia, Mô. Quer um *croissant*?

Sem abrir os olhos, Clara inspira com prazer o aroma do café fresco. Se espreguiça na cama macia e se deixa levar pela agradável sensação que envolve todo o seu corpo. Deve ser fim de semana! Do contrário, certamente Ben não teria se levantado para preparar o ritual do café da manhã. Afinal, tinham ido dormir muito tarde. Deviam ser quase quatro da madrugada quando saíram do seu restaurante italiano preferido e foram a pé para casa, depois de beberem duas garrafas de vinho *rosé* e vários copos de Ramazzotti, que o simpático Beppo sempre insiste para que aceitem. Quando chegaram à escadaria do prédio, Ben pegou Clara no colo e, sem hesitar, subiu com ela até o segundo andar. Tinham dançado tanto que, no caminho para casa, os pés dela começaram a doer muito.

Com cuidado, Ben põe o *tablet* de lado e se senta devagar ao lado de Clara. Seus lábios começam a percorrer o rosto dela suavemente.

– Na verdade, eu preferia fazer outra coisa – sussurra Ben em seu ouvido.

Aos poucos, Clara desperta. Sente a barba fina e curta de Ben no decote enquanto ele desliza lentamente a boca por cima da finíssima camisola.

Clara adora quando Ben a desperta assim. Não há nada que lhe dê mais segurança do que sentir o corpo forte dele tão próximo de si.

Contudo, já não sente nenhum peso. Tampouco percebe o odor familiar dele. Algo parece ter mudado hoje.

Como em transe, Clara abre os olhos, hesitante. E desperta bruscamente.

No mesmo instante, se sente estranha, como se tivesse ficado presa em um tempo desconhecido.

De repente, a crua realidade volta a se manifestar: Ben não está presente.

Ben nunca mais estará presente.

Deve ter sido um sonho. Fazia tempo que Clara não sonhava. Tampouco sorri há exatos dois meses e cinco dias, mesmo tendo tentado fazê-lo algumas vezes, até para evitar que sua mãe continuasse a consolá-la com suas extenuantes ladainhas. Se voltasse a ser a antiga Clara, talvez sua mãe a abandonasse à própria sorte.

Abandonada à própria sorte...

É exatamente assim que se sente desde que Ben morreu, ao cair da sacada naquele dia de janeiro.

Abandonada à própria sorte. E sozinha. Sozinha com todos esses pensamentos que a perseguem como uma imensa sombra. Sobretudo à noite, quando vez por outra desperta de um sono inquieto e sem sonhos. Entre o sono e o despertar, apenas um segundo de paz a faz se sentir como a Clara de antigamente.

Antes de Ben morrer, Clara era uma mulher segura de si, menos romântica e sentimental do que a maioria de suas amigas. Esse lado racional e forte dela também foi o que fascinou Ben desde o primeiro dia. Embora ambos vissem o mundo de modo diferente, formavam um casal magnífico, que se dava muito bem.

Sempre que brigavam, logo depois faziam as pazes. Começavam com comentários acanhados, que acabavam vencendo o orgulho e terminavam com gestos que propiciavam a aproximação física e íntima. Na maioria das vezes, corriam um atrás do outro pelo confortável apartamento de dois quartos, até Clara cair, exausta, nos braços de Ben. Em seguida, ele só precisava fingir que faria cócegas entre suas costelas para ela gritar, extasiada e em pânico. Quando ele finalmente aproximava a boca de seu pescoço fino e a beijava com delicadeza logo abaixo do lóbulo da orelha, gostava de sussurrar palavras de amor. Em momentos como esse, chamava-a carinhosamente de "Mô". Clara era a única a saber que essa era a abreviação de "amor". Seus olhos verdes e brilhantes resplandeciam sempre que o ouvia chamá-la assim, e depois se amavam em silêncio.

Mesmo após mais de três anos de relacionamento, continuavam tão próximos como apenas os recém-apaixonados eram capazes de ficar.

Contudo, nada disso ocorreu naquela noite. As críticas se sucederam, e hoje Clara daria tudo para não ter feito todas aquelas acusações em voz alta.

Ainda ressoa em seu ouvido o barulho de Ben batendo a porta e deixando o apartamento, furioso. Foi a primeira e a última vez que saiu sem dizer aonde ia.

Quando pensa no alívio que sentiu ao ver que estava sozinha e poderia desabafar tranquilamente com Katja, sua melhor amiga, sobre a imaturidade e a irresponsabilidade de Ben, apesar de seus 32 anos... Clara ainda sente a consciência pesada corroer todo o seu corpo, como ácido.

É bem verdade que, naquela noite, não tirou os olhos do celular enquanto conversava com Katja sobre a possibilidade de simplesmente dar uma lição em Ben e desaparecer por uma noite inteira, embora não fosse do seu feitio se comportar dessa maneira. Mas Ben não deu notícias. Normalmente, ele lhe escrevia o tempo todo: quando estava no intervalo das aulas na universidade, quando estava fora com sua banda ou ia encher a cara na casa do seu amigo Carsten. Como não queria dar nenhuma chance ao mau humor de Clara, por precaução enviava a "Mô" algumas palavras para tranquilizá-la, ou então simplesmente ligava para ela.

No início, quando se conheceram no Cheers, Clara estava bastante desconfiada por causa dos muitos boatos que circulavam sobre Ben Runge e sua fama de mulherengo. Pelo que se dizia, ele havia conquistado todas as beldades de Lüneburg. No entanto, com seus SMSs, Ben se esforçou para mostrar-lhe que só pensava nela. Assim, sempre que pensava em Clara, fazia uma chamada curta, como uma prova de amor.

Clara não recebe chamadas nem mensagens desde aquela terrível noite.

Ben não liga mais.

Sua voz emudeceu. Para sempre.

Clara

Clara está nervosa. Sua licença terminou oficialmente. Hoje é seu primeiro dia de trabalho desde o enterro de Ben.

A médica lhe disse que poderia dar-lhe um atestado para mais uma semana de licença, se ela quisesse. Mas Clara não vê a hora de se organizar e voltar à rotina. Não suporta mais passar as noites acordada nem ficar na cama até quase o meio-dia, com a sensação de não ter descansado de fato. Sente-se como um pedaço de pão seco e embolorado. Se no começo sua mãe não a tivesse encorajado a dar um curto passeio todas as tardes, provavelmente não teria se atrevido a sair de seu apartamento.

Na primeira vez que foi sozinha às compras, para encher a despensa de latas de sopa, Clara teve a sensação de que as pessoas podiam ver a dor em seu rosto. A moça do caixa nem foi capaz de olhá-la diretamente nos olhos. E Clara sentiu um desejo indescritível de gritar: "Sim, meu namorado morreu, e ninguém sabe por quê!".

É claro que também existem conexões agradáveis com o mundo externo que lhe dão forças ou, pelo menos, não lhe causam sofrimentos extras. Por exemplo, Niklas, seu chefe, que ligou para ela todas as semanas para saber como estava e dizer-lhe que não precisava se preocupar com o trabalho. Sua colega Antje se encarregaria de tudo, mas jamais ameaçaria tomar seu posto de melhor desenhista gráfica da agência.

Seja como for, Clara sabe que Antje não gosta muito de trabalhar com publicidade, tampouco entende como Clara consegue se dedicar tanto à profissão. A essa altura, Clara reconhece que passou muitas noites sozinha no escritório, em vez de ter ficado em casa com Ben, desfrutando tranquilamente do seu tempo livre ou aproveitando a vida. Sempre quis fazer seu trabalho com perfeição e apresentar ao cliente duas opções excelentes, em vez de um esboço pouco convincente. Experimentava a máxima satisfação quando o cliente escolhia seu desenho favorito. Contudo, costumava saborear seu sucesso em silêncio e apenas por um breve período.

"No fundo, sou uma mulher solitária e não gosto que me incomodem quando estou fazendo meus esboços. Entro em uma espécie de estado de transe, que pode durar horas", pensa Clara. Um estado que, nesse momento, lhe parece inalcançável, pois a realidade bloqueou impiedosamente seu acesso a esse outro mundo maravilhoso.

Clara espera que o trabalho lhe faça bem. Afinal, terá de se controlar no escritório e não poderá passar horas se remoendo sobre o que terá passado pela cabeça de Ben naquela noite nem sobre como vai fazer para seguir em frente sem ele. Ainda não encontrou sua verdade. No entanto, quando deixa de pensar em Ben e em sua morte por alguns minutos, no mesmo instante se sente culpada de novo.

No fim de semana, quando foi passear com sua avó Lisbeth no parque do balneário de Lüneburg, se despediu dela sem cerimônia porque sentiu a necessidade imperiosa de correr para casa e olhar algumas fotos. Por medo de esquecer o rosto de Ben, queria recuperar de imediato as recordações que, supostamente, haviam desaparecido. Quando por fim chegou em casa, sentindo pontadas nas costelas, tirou todos os álbuns da estante, abriu-os com frenesi e colocou as fotos mais bonitas no chão, uma ao lado da outra.

Será que deveria colocar uma foto de Ben na sua mesa do escritório? Uma em que ele aparecesse com aquele seu sorriso maroto e que ao menos registrasse um pouco do seu charme? Como seus colegas de trabalho reagiriam? Clara voltará a vê-los hoje pela primeira vez desde o enterro.

Está cansada de ser tomada por essa sensação estranha, como se fosse uma leprosa. Não quer causar um constrangimento desnecessário aos outros.

"O pior de tudo não são as declarações desastradas dos conhecidos ao lhe darem os pêsames sem se alongarem, mas todas as palavras que não são pronunciadas", pensa Clara. "São elas que me humilham."

Como naquela vez em que a vizinha de sua mãe simplesmente se levantou e saiu da cozinha sem dizer nada quando Clara apareceu por lá sem avisar.

Contudo, na agência todos sabem que hoje é seu primeiro dia de trabalho. "Tomara que corra tudo bem", reza Clara enquanto abre a porta de vidro do prédio de escritórios, situado na zona industrial de Lüneburg. Saiu mais cedo de casa para tentar se habituar de novo a seu local de trabalho antes que lhe despejassem as tarefas do dia a dia.

Ao sair do elevador, está muito nervosa, sobretudo porque o corredor parece ameaçadoramente tranquilo. Nem Viola, a recepcionista, chegou ainda.

Clara se surpreende com o fato de a porta de sua sala estar fechada. Será que seu cérebro está tão atrofiado que confundiu o domingo com a segunda-feira?

Mas o chamativo Spider conversível de Niklas estava estacionado bem na frente da porta principal. Pelo menos seu chefe deveria estar ali. Ao ver que a porta do escritório dele também não está aberta, Clara decide ir cumprimentá-lo mais tarde.

– Surpresa!

Quando Clara gira a maçaneta da porta, diferentes vozes ecoam em sua sala.

A equipe inteira está reunida em semicírculo ao redor da sua mesa, olhando para ela com ansiedade. Sobre seu Mac há um cartaz com a inscrição "Bem-vinda!" e, sobre a mesa, um grande vaso de vidro com um ramalhete de flores coloridas.

Antes que Clara possa dizer alguma coisa, Niklas toma a palavra.

– Pelo visto, essa surpresa logo cedo deu certo! Oi, Clara! – pigarreia e olha para os outros com timidez – Bem, é... estamos felizes com seu retorno. Como conheço você há tempo suficiente para saber que não gosta de ser o centro das atenções, não vou fazer um longo discurso. Só queria dizer uma coisa: seja muito bem-vinda por todos nós! Agora, pessoal, ao trabalho!

O grupo aplaude com discrição e se desfaz rapidamente. Antje é a única que vai até Clara e a abraça brevemente. Clara está muito comovida. Tem de se esforçar para conter as lágrimas.

– Obrigada – sussurra.

Antje arregala os olhos e responde no mesmo instante:

– Pelo quê?

Clara encolhe os ombros e sorri. É seu primeiro sorriso depois de semanas.

Sven

"Eu deveria ter ficado na cama!", lamenta Sven por ter se levantado tão cedo. No trem lotado com destino a Landungsbrücken, é atingido em cheio pelo hálito de alho da pessoa que está bem na sua frente, o que o impede de desfrutar de seu café com aroma de amêndoas e espuma de leite. Mais do que se incomodar com o odor que se desprende do homem obeso enquanto fala em voz alta com um colega, Sven fica aborrecido consigo mesmo, pois faz pelo menos dez semanas que está com a bicicleta quebrada e ainda não conseguiu consertá-la. Na realidade, não há desculpa, no máximo algumas míseras explicações: excesso de álcool e de romances que não deram certo, falta de motivação, que, por sua vez, paralisou ainda mais sua disposição.

Apesar disso, Sven sempre se considerou uma pessoa de sorte. Contudo, há cerca de três anos as coisas não têm saído como ele gostaria. Sem dúvida, como editor de economia, conta com todo o reconhecimento do setor, mas ultimamente não tem conseguido impressionar ninguém, mesmo entrevistando com regularidade os empresários mais importantes. Consegue impressionar menos ainda a si mesmo. Nas reuniões da redação, com frequência se distrai com seus pensamentos e já não suscita a admiração dos dois redatores-chefes nem de seus colegas com sugestões de pautas perspicazes e inteligentes.

O que aconteceu com ele?

Quando começou a estudar economia na universidade, era uma pessoa cheia de entusiasmo e ideias. Atuava politicamente, tinha inúmeros amigos e praticava esporte todos os dias, pois adorava fazer exercícios em meio à brisa do porto de manhã cedo, quando a maioria dos habitantes de Altona ainda estava na cama.

Teria essa letargia alguma relação com sua separação de Fiona? Sven se recusa a ver uma ligação, pois, nesse caso, seria como admitir que está à mercê de seus problemas. Prefere se convencer de que Fiona não era o grande amor de sua vida. Apesar de já ter passado muito tempo, ainda tem nítida em sua mente a imagem dela, encostada em seu Mini Cooper, beijando e abraçando um estranho.

Talvez a raiva que sente de si mesmo o impeça de encerrar esse capítulo de uma vez por todas. Em vez disso, fica impaciente perguntando a si mesmo por que naquele momento não teve coragem de largar a bicicleta na esquina e ir encará-los. Poderia ter mostrado àquele babaca de quem era Fiona.

Mas pode ser que ele já tivesse pisado na bola antes. Talvez Fiona tivesse razão quando se queixava o tempo todo de que ele nunca lhe demonstrava o quanto ela realmente importava para ele. Sua colega de trabalho Hilke também não parava de lembrá-lo de que aquele sujeito desprezível não tinha sido o motivo, mas o estopim para Fiona deixar o *loft* que dividiam.

Sven gosta de Hilke e confia nela, mas jamais lhe confessaria isso, com essas palavras, a menos que tivesse um motivo importante para tanto. Ela é como a irmã que ele nunca teve. Em todos esses anos trabalhando juntos, ela nunca o decepcionou. É claro que algumas vezes o ofendeu, mas nunca de maneira intencional. Como é muito extrovertida e quase ingênua, algumas vezes acaba por magoá-lo com suas declarações diretas. Desde que passaram a dividir o escritório no sexto andar, quase toda semana ela o faz refletir com suas afirmações. Hilke simplesmente tem o dom de pôr o dedo na ferida.

– Você está com todo esse mau humor porque faz tempo que não tem sexo bom – soltou sem pestanejar na última segunda-feira, de sua mesa, quando Sven usou de impropérios para reclamar de alguns *e-mails*. – Se no próximo fim de semana você desperdiçar de novo sua preciosa vida com essa guilda ridícula na internet, vou deixar de gostar de você!

Sven achou graça. Hilke ficou sem jeito depois que pronunciou essa frase audaciosa. Sabia que, desta vez, tinha ido longe demais. Não porque se referira sem rodeios à maior fraqueza dele, o *videogame World of Warcraft*, mas pela intimidade de suas palavras. Sven pigarreou e se apressou em murmurar que não teria tempo para essas coisas porque no próximo sábado precisaria passar na casa de seu pai.

"Se bem que, para essas visitas, seria mais inteligente consertar a bicicleta de uma vez por todas ou, pelo menos, levá-la a uma oficina", pensa Sven, se escondendo ainda mais atrás do seu jornal, cujo conteúdo, porém, pouco lhe interessa.

Embora já não faça muito frio, levando-se em conta que estão em março, ele ainda está usando as velhas luvas marrons de couro para não ter de tocar em nada que já tenha sido tocado por milhares de pessoas no trem. Acha repugnante a sensação de todo mundo viajar espremido, uns contra os outros, entre as portas. Quando finalmente chega à sua estação, decide jogar fora o café, que já esfriou.

Semana após semana, a cada segunda-feira percebe cada vez mais o quanto sua vida atual é patética. Quando Hilke o cumprimentar toda alegre e lhe perguntar como foi seu fim de semana, ele terá de inventar alguma coisa para não lhe contar que, mais uma vez, não fez nada do que havia programado. Não consertou as marchas da bicicleta, não saiu para correr nem tomou cerveja no bar com seu amigo Bernd. Tampouco foi visitar seu pai. Até porque não tem assunto para conversar com ele.

Sven desce do trem e se dirige à editora. Respira fundo várias vezes, como se desse modo pudesse expelir do seu corpo o hálito exalado pelos outros passageiros. "Algo tem de mudar, preciso voltar a me sentir vivo", pensa. O problema é que não faz ideia de por onde começar.

Clara

Somente à noite, deitada na cama e pensando em seu primeiro dia de trabalho, é que aos poucos Clara se dá conta de que Niklas fez a coisa certa pela manhã. Graças à calorosa recepção, ele tornou o retorno dela bem mais fácil do que ela vinha temendo há dias. Imaginar seus colegas entrando cabisbaixos em sua sala para cumprimentá-la era algo que a tinha aterrorizado.

De repente, Clara não pôde deixar de sorrir. Quantas vezes não havia alertado gentilmente seu chefe de que o forte dele não era a criatividade, mas sua capacidade de atrair clientes? No entanto, hoje ele teve uma ideia realmente boa.

Mesmo exausta, Clara está contente com todas as sensações familiares, mas também novas, desse dia. Depois de muito tempo, não vê a hora de adormecer. Contudo, sente uma necessidade imperiosa de falar com alguém. Já está muito tarde para ligar para sua avó. E com Katja, como sempre, passaria horas conversando.

Antigamente, contava tudo para Ben. Adoraria contar a ele como foi seu dia. Hoje teve a prova de que a agência realmente precisa dela. Amanhã cedo vai a outra reunião preliminar para participar de um lançamento importante. E isso faz com que se sinta bem; como se, de certo modo, as coisas tivessem voltado à normalidade.

Sem perder mais tempo com reflexões, Clara pega o celular, se senta na cama e, com os dedos trêmulos e o coração um tanto acelerado, escreve um SMS para Ben.

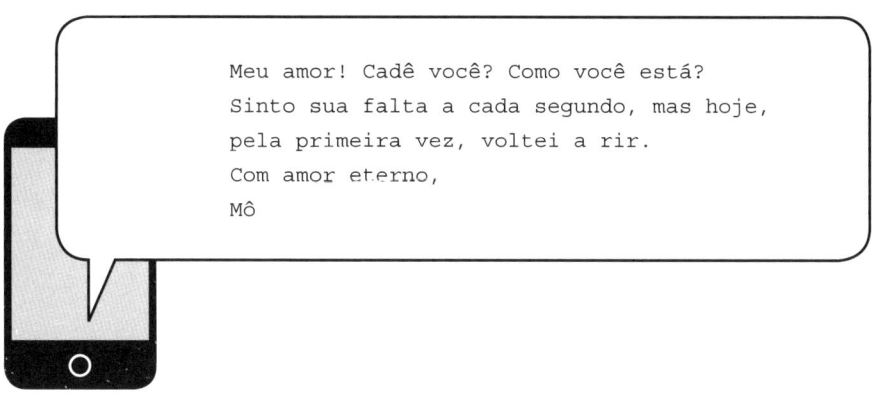

> Meu amor! Cadê você? Como você está?
> Sinto sua falta a cada segundo, mas hoje,
> pela primeira vez, voltei a rir.
> Com amor eterno,
> Mô

Em seguida, toma um generoso gole de seu chá de frutas, que costuma preparar todas as noites, confirma com a cabeça, satisfeita, e aperta "enviar".

Sven

Que belo tapa na cara!

Sven continua sentado, como que petrificado, diante do artigo impresso que escreveu sobre o último estudo do Instituto Alemão de Pesquisa Econômica. Seu chefe acaba de jogá-lo à sua frente na mesa, sem dizer nada e arqueando as sobrancelhas.

Está acostumado a ter seus textos aprovados sem grandes alterações, pois como geralmente se atém ao que é acertado nas reuniões de pauta na redação, a maioria das ponderações sobre o conteúdo é aprovada sem que seja necessário revisá-las uma segunda ou terceira vez. Contudo, parece que desta vez ele terá de reescrever o texto do zero, embora o prazo para entregá-lo já tenha se encerrado faz tempo.

"Você deu um toque muito interessante ao texto, mas falta foco! Ass. Bre", escreveu Walter Breiding no final, não sem antes traçar uma diagonal de cima a baixo nas seis páginas do manuscrito.

Nunca tinha acontecido algo assim com Sven! Nem mesmo quando era estagiário no jornal *Hannoversche Allgemeine*. Menos ainda na revista *News of the World*, quando trabalhou em Londres. Contudo, antes que possa se queixar em alto e bom som de Breiding para Hilke, percebe que, desta vez, realmente escreveu uma porcaria.

O texto transmite tão pouca paixão quanto a lista que começou a escrever na noite anterior em casa, enquanto tomava uma garrafa de Barolo. Hilke o havia aconselhado a redigir uma lista com seus objetivos para o próximo ano. Ela confiava nesse método. Mas Sven não conseguiu avançar muito com a lista e voltou a se dedicar a seu artigo.

Agora só lhe resta admitir que, por não ter pesquisado o suficiente, acabou distorcendo o foco de seu artigo em benefício de seus próprios argumentos. E, lamentavelmente, isso ficou tão evidente que Breiding não podia ter feito outra coisa a não ser criticá-lo pelo texto.

– Me deixe adivinhar... – brinca Hilke. – Faltou tempero?

Com a expressão usada com frequência por Breiding, ela lhe dá a entender que viu muito bem o chefe entrar na sala, embora não tenha tirado os olhos da tela de seu computador.

– Que nada! – responde Sven, atormentado. – Acho que ele está sentindo falta do prato principal, mesmo.

– Me deixe ver! – Hilke folheia as páginas rapidamente e diz, com compaixão: – Parece que alguém vai ter de trabalhar no turno da noite. Precisa de ajuda?

– Eu ligo pra você se até meia-noite não me ocorrer nenhuma ideia boa – diz Sven, fazendo uma careta com o canto direito da boca.

– Sim, claro, com certeza, Martin ia adorar! – responde Hilke, ironicamente.

– Não se preocupe. Não tenho nenhuma intenção de colocar seu casamento em perigo.

– Ah, você sabe que tão cedo não corro esse risco – diz ela, com certo orgulho.

– Sei, e realmente me pergunto como ainda funciona depois de tantos anos... – Sven teme que suas palavras soem invejosas, mas a verdade é que ele não entende mesmo.

– O amor é uma palavra mágica. A-M-O-R. Mas você não entende nada disso!

Embora Hilke não esteja falando sério, Sven se sente como se tivesse levado uma pequena punhalada. Mesmo assim, prefere se calar.

– Me ligue se precisar de ajuda urgente em assuntos românticos ou de outra natureza. Do contrário, nos vemos amanhã.

– Pode deixar, obrigado. Boa-noite!

Já passa da meia-noite, e Sven continua sentado diante do computador. Não fosse a faxineira ter aparecido, talvez ele não tivesse se movido nem um centímetro de seu lugar. Mas a mulher simplesmente passou o aspirador em volta dele e se esforçou para esvaziar seu cesto de lixo sem fazer barulho.

Sua tela continua exatamente igual. Sven não encontra nenhuma motivação para reescrever o texto. Em vez disso, permanece sentado em sua cadeira, contemplando HafenCity*, que ainda é um grande e interessante canteiro de obras, e deixa seu pensamento vagar. Sente um desconforto na nuca. A dor também se manifesta nas escápulas. Porém, embora seja incômoda e incessante, é uma dor suportável.

Do lado de fora já escureceu, e seu rosto sério se reflete nas janelas. Sven se pergunta se gosta do que vê. Está mais do que satisfeito com seu corpo, mas não com sua condição física atual. No entanto, não sabe muito bem o que pensar sobre seu rosto. Acha que é comum, nem desagradável, nem atraente. O que as namoradas que teve até então mais gostavam eram seus olhos. Herdou-os da mãe, que também parecia tê-los em tom de azul pálido. Ela faleceu quando Sven tinha 4 anos, e ele se pergunta que outras coisas terá herdado dela.

Fiona sempre dizia que brilhavam como os olhos azuis e glaciais de um *husky*: uma coloração quase ameaçadora, mas fascinante. Ela também achava seu olhar sedutor, mas ele quase nunca demonstrava o quanto ficava feliz com esses elogios.

Contudo, Sven tem a impressão de que seu olhar empalideceu, como se ele estivesse olhando para o rosto de uma figura sem vida.

---

* Bairro moderno de Hamburgo, é um projeto de revitalização da área do antigo porto da cidade, que começou a ser executado no início dos anos 2000 e tem previsão de conclusão para 2030. (N. da T.)

Tem menos cabelo e, aos 42 anos, se sente velho pela primeira vez na vida. "Será que uma mulher ou até uma família fariam alguma diferença?", se pergunta, mas logo se repreende. É melhor não colocar fantasias românticas na cabeça. Cedo ou tarde acabariam levando à decepção.

Até hoje não teve nenhuma relação duradoura. Nem terá, disso ele tem certeza. Com Fiona, havia conseguido imaginar um futuro em comum, mas certamente chegaria o dia em que todas as belas facetas da paixão desapareceriam de maneira discreta e definitiva. O ser humano não foi feito para passar a vida inteira com a mesma pessoa, embora filmes e livros piegas não se cansem de sugerir o contrário.

Seu celular toca justamente quando ele decide terminar a lista com seus objetivos de vida. Sven leva a mão ao bolso para ver quem está lhe enviando um SMS àquela hora. Certamente deve ser Hilke, querendo mandar-lhe algumas palavras de encorajamento antes de ir dormir com Martin, pensa e sente certa inveja do relacionamento dela com o marido.

No entanto, ao ler o texto, logo percebe que a mensagem não é para ele. Pelo visto, algum romântico incorrigível se equivocou ao digitar o número. Mesmo assim, Sven entende a mensagem: quem se apaixona torna-se tolo; quem não se apaixona torna-se insensível.

Clara

– É um sinal!

– O quê? – murmura Katja, um tanto irritada, do outro lado da linha. – Repita, bem devagar. Não estou entendendo nada do que você está dizendo. Me deixe terminar de acordar.

Clara vestiu seu velho blusão de moletom e se sentou no parapeito da janela da cozinha, com as pernas apoiadas nele para não tocar os ladrilhos frios do chão com os pés descalços. Está muito nervosa e teme que Katja chame uma ambulância para socorrê-la ou simplesmente ria da sua cara.

– Bom, recomece do princípio, querida. Inspire e expire, depois me conte bem devagar o que aconteceu. Está bem?

– Então, a droga da luz acabou! – repete Clara, e se assusta com o tom histérico de sua voz. – Mandei um SMS para o Ben, e justamente quando na tela apareceu "enviado", a droga da luz acabou no quarto!

– Você fez o quê?

– Nada! Não fiz absolutamente nada. Isso é que é o pior!

– Não, estou me referindo ao fato de você ter enviado um SMS para Ben.

Clara engole a saliva. Não quer cair no choro de novo. Não hoje, depois do grande dia que teve. Por isso, tenta mostrar o máximo de tranquilidade possível.

– Sim, eu sei, é uma tolice. Nunca fiz algo tão maluco. É sério! Mas é que me deu vontade. E, de repente, ficou tudo escuro! – Clara percebe que voltou a falar alto demais.

– Bom... Então, você enviou um SMS para ele e ficou no escuro? – pergunta Katja, perplexa.

– Sim.

– Tem certeza de que não foi você mesma quem apagou a luz?

– Caramba, Katja! Sei que vocês todos estão pensando que ando meio desorientada, mas não sou nenhuma idiota!

–Tudo bem, mas vamos combinar que é um pouco estranho... – murmura Katja em voz tão baixa que parece estar falando consigo mesma.

– Também acho. Levei um susto tão grande que corri como uma louca até o interruptor. E a luz se acendeu na hora. Isso significa que a lâmpada estava funcionando normalmente.

– Então, está tudo certo – diz Katja bocejando ao aparelho.

– Não, não está nada certo! – A voz de Clara soa tão lamentosa que mal dá para entendê-la.

– Ouça, querida, que tal pegar as coisas de que precisa para amanhã e vir dormir na minha casa esta noite? Vou buscar você. O que acha?

– Acho que não vai dar. Amanhã tenho de sair muito cedo.

– Bom, então, tente dormir. Se agasalhe bem e prepare um chocolate quente. Mas com chantili! Tenho certeza de que, mais uma vez, você passou o dia só com um prato de sopa no estômago!

Clara não consegue evitar um suspiro. Sua avó sempre lhe prega o mesmo sermão. No fim de semana, quando foi visitar Lisbeth e Willy, sua avó tentou todos os truques para Clara ganhar um pouco mais de "gordura nas costelas", como costuma dizer carinhosamente.

Antes, Clara sempre se frustrava com os quilos a mais. Mas agora ela também começa a se preocupar um pouco por não conseguir recuperar o apetite.

Poucas semanas depois do enterro, os pneuzinhos que rodeavam sua cintura praticamente desapareceram. Desde que Ben partiu,

Clara se esforça para comer o mínimo, e ainda assim sem vontade. De vez em quando, aos sábados, vai de carro até um hipermercado para comprar sopa enlatada e bebidas lácteas. Mas só o faz porque acredita ser uma maneira de continuar próxima de Ben. Nas manhãs de sábado, ele adorava lançar-se na grande aventura de fazer a compra semanal. Sempre a convencia a acompanhá-lo e, na maioria das vezes, acabava por convidá-la para tomar um sorvete de flocos tamanho família.

Ben não se importava nem um pouco com o que os outros poderiam pensar dele. Era capaz de fazer malabarismo com um punhado de laranjas no meio de um supermercado cheio de gente ou de animar Clara a dar um pequeno *show* de dança na frente da seção de refrigerados. Também não ficava nem um pouco constrangido de beijá-la de modo teatral nas partes mais insólitas do seu corpo quando estavam na fila, nem quando ela soltava um grito por ele ter beliscado descaradamente suas nádegas. Ele sempre era o centro das atenções onde quer que aparecesse. E, embora em algumas ocasiões Clara tenha se sentido envergonhada ao seu lado, ela quase sempre o observava com admiração.

Por outro lado, Ben era imbatível em fazer Clara se sentir a mulher mais maravilhosa do mundo. Se bem que ele gostava de exagerar em seus elogios. Quando ela se queixava de seus seios pequenos demais ou de estar enjoada de seus cabelos louro-escuros sem graça, Ben era capaz de convencê-la de que o mundo girava ao redor dela.

Então, por que ele a abandonou, se a amava tanto? Ou seria o implacável destino, e não Ben, o culpado de tudo?

Clara sente seu desespero aumentar. Antes de desligar, promete rapidamente a Katja que vai preparar outro chá de frutas para relaxar.

O que é mais comovente? O fato de uma vida jovem, com um relacionamento feliz, ter terminado para sempre devido a um trágico acidente ou a sensação de que ela não chegou a conhecer o parceiro com quem compartilhava sua vida havia mais de três anos? Quanto tempo Ben passou martirizando-se?

Clara repreende a si mesma e decide afastar essas perguntas lancinantes, que volta e meia emergem em sua mente de maneira repentina. Já é hora de ela começar a colocar mais foco na sua nova vida. De modo algum quer continuar sendo um peso para Katja e sua família. E, acima de tudo, não quer preocupar ainda mais Lisbeth e Willy.

"Afinal, já é grave o suficiente o fato de a saúde do vovô piorar a cada ano, pensa Clara", passando as mãos pelo rosto. E sua avó? Desde que Willy sofreu o derrame cerebral, ela também perdeu boa parte de sua vitalidade e alegria de viver. Seu avô passa a maior parte do tempo sentado em sua poltrona lendo seus livros de astronomia ou de história, embora sua vista se canse rapidamente.

Clara engole em seco ao pensar no encontro do dia anterior com seus avós: os três sentados à mesa sala de jantar que, tal como Lisbeth e Willy, já tem mais de 70 anos.

"A vovó é uma mulher tão delicada", pensou Clara enquanto comia com gosto um pedaço do bolo que tinha acabado de sair do forno. "Mas, ao mesmo tempo, é muito forte e vigorosa, e ainda conserva seu sorriso caloroso."

Clara se sente muito próxima dela, apesar de não ter herdado de Lisbeth nenhum traço físico nem de caráter que se faça notar. É mais parecida com o avô, que, assim como seu pai, também tem os olhos de um verde intenso e brilhante. Seja como for, Clara é muito mais apegada à família paterna, talvez por ter perdido o pai muito cedo.

Tinha acabado de completar 11 anos quando ele adoeceu de câncer no intestino e faleceu pouco depois. Tudo aconteceu muito rapidamente, e às vezes Clara sente vergonha porque mal consegue se lembrar de sua voz, de seu rosto ou de seu perfume.

Desde essa época, mantém uma relação tensa com a mãe. Para Clara, é muito mais fácil conversar com Lisbeth sobre tudo o que a preocupa.

— Venha, filha, sirva-se de uma boa porção — ordenou-lhe a avó enquanto pegava o recipiente de cristal com o chantili.

— Mas seu bolo também fica delicioso assim! — contestou Clara, mesmo sabendo que seu protesto seria ignorado.

Enquanto ela comia o bolo e ouvia a história de sempre sobre os vizinhos e a briga por causa de contêineres para a reciclagem de papel instalados por uma empresa privada, Willy tornou a se refugiar na sala de estar.

— Como andam as coisas com ele? — perguntou Clara, servindo-se de outro pedaço de bolo.

— Bem, vai indo. Sente muita falta de seus passeios rotineiros de bicicleta. — Normalmente Lisbeth passa por esse assunto com um sorriso, mas nesse domingo baixou o olhar. — Acho que, aos poucos, vai deixar de gostar.

— Por quê? — Clara logo sentiu o coração disparar. — O que aconteceu?

— Nada. Mas ultimamente ele quase não fala. E faz tempo que está com o sono agitado de novo.

— Agitado como? Teve outro derrame?

— Não, com certeza teríamos notado. Além do mais, vai regularmente ao médico. Só acho que... — Lisbeth interrompeu. — ...acho que ele não está muito bem psiquicamente.

— Mas, vó, não é para menos! Ainda mais agora que estamos na primavera e ele não pode fazer as coisas de que gosta.

— Sim, eu sei. Mas acho que, de certo modo, está pior do que antes.

— Por que acha isso?

— Porque é o que percebo.

— Sim, mas o que exatamente você percebe?

— Não sei explicar. Só sei que ele não está bem.

Clara engoliu em seco. Não se atrevia a perguntar mais nada, embora estivesse com a sensação de que sua avó escondia alguma coisa dela.

— Ah, filha – suspirou Lisbeth. – Às vezes ele pode parecer rude, mas tem um coração meigo e sensível. Só tem dificuldade para aceitar que... enfim, que tantas coisas tenham mudado.

— Você quer dizer, desde que Ben morreu? – perguntou Clara com um tom de voz que dispensava qualquer resposta.

Estava surpresa. Nunca havia pensado que seu avô pudesse sofrer tanto com essa terrível tragédia.

— Você sabe como ele é. Sempre se preocupa além da conta – acrescentou Lisbeth, começando a tirar os pratos da mesa.

Aos poucos, Clara compreendeu a situação. Provavelmente, não se tratava apenas de Willy, mas também do fato de Lisbeth já não saber o que fazer com suas próprias preocupações. Claro, ela ainda tinha algumas velhas amigas e outro filho. No entanto, ele vivia com a família perto de Frankfurt e raramente ia visitá-los em Lüneburg.

Lisbeth voltou para a mesa com um *tupperware* cheio.

— Mas não pensei que... – começou a dizer Clara, baixando a cabeça, pois não tinha forças para olhar diretamente para o rosto preocupado da avó.

Então, Lisbeth pegou a mão da neta e lhe disse:

— Willy ama muito você. Mesmo sem dizer muita coisa, ele também sabe que sua alma pequena e frágil está sofrendo.

Embora Clara tenha decidido não causar mais preocupações à sua avó, seus olhos se enchem de lágrimas quando pensa nessa cena. Nesse momento, não sabe se chora por Ben ou por seus avós. Inevitavelmente, acaba cedendo ao desespero e à autocompaixão. Chora muito, como não fazia havia semanas. Sente-se culpada e, ao mesmo tempo, tratada injustamente, como se a vida a tivesse traído.

Em momentos como esse, que só admitem tristeza e vazio, muitas vezes Clara pensa em sumir do mapa como uma covarde, talvez como Ben. Entupir-se de comprimidos e chorar até cair no sono, e tudo finalmente voltaria à normalidade. Contudo, está consciente de que um passo como esse provocaria mais dor ao seu redor. De imediato, sua consciência lhe manda sinais de vida.

O que fariam sua avó, seu avô e sua mãe sem ela? Além disso, Katja e sua amiga de infância Bea com certeza nunca a perdoariam por não ter desabafado com elas. Provavelmente também seria culpada se seu avô perdesse totalmente a vontade de viver.

Desde que Ben faleceu, Clara se sente como em uma prisão de vidro. Sua família, seus amigos, seus colegas de trabalho, todos visivelmente reunidos ao seu redor para lhe dar apoio a todo momento. No entanto, não consegue alcançá-los. Mesmo quando conversa com eles, quase ninguém entende de fato o que ela diz. Instintivamente, percebe que, a certa altura, nem as pessoas mais afetuosas são capazes de suportar o desabafo constante de que ela tanto necessita. Sente que a solidão a invade. E sempre que pensa em Ben se afasta um pouco mais de tudo o que antes lhe era tão próximo.

Clara só se acalma aos poucos quando volta a se deitar em sua cama. Nesse momento, só um pensamento a consola: mandar outra mensagem a Ben.

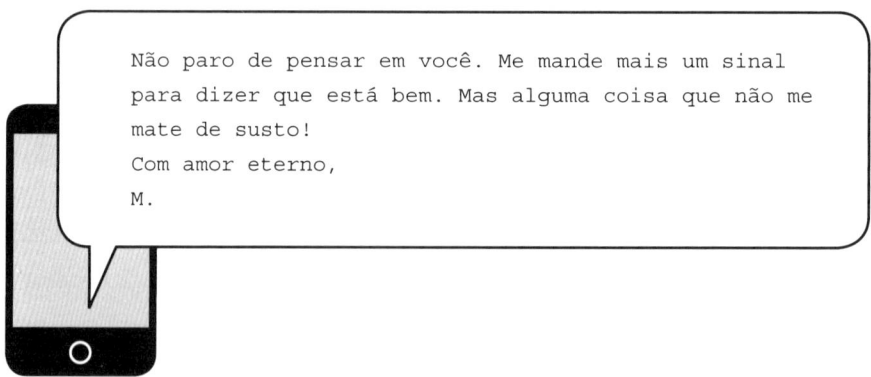

```
Não paro de pensar em você. Me mande mais um sinal
para dizer que está bem. Mas alguma coisa que não me
mate de susto!
Com amor eterno,
M.
```

Embora ache muito estranho e quase sinta um pouco de medo, decide transformar isso em um ritual diário, em um hábito agradável. A partir de agora, todo dia enviará um SMS ao além.

Sven

No dia seguinte, arqueando as sobrancelhas e elevando a voz de modo teatral, sem nenhuma seriedade, Sven lê as seguintes linhas:

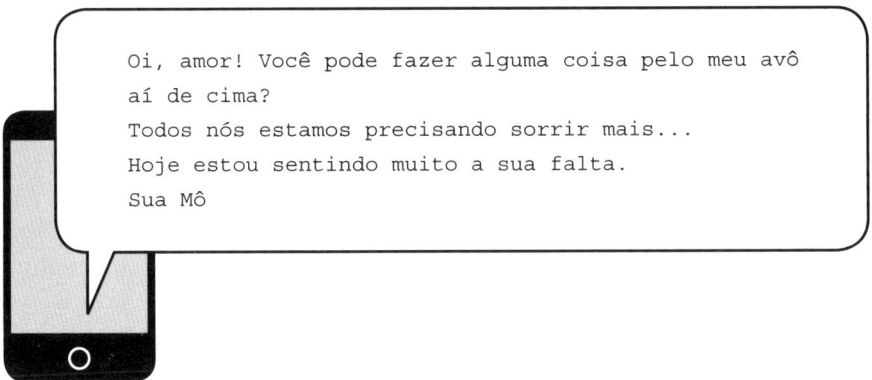

Oi, amor! Você pode fazer alguma coisa pelo meu avô aí de cima?
Todos nós estamos precisando sorrir mais...
Hoje estou sentindo muito a sua falta.
Sua Mô

Sven ainda tenta uma risada indignada para deixar claro a Hilke que o conteúdo do SMS lhe parece absolutamente ridículo. Mas não consegue, pois ela reage com certa perturbação.

– É de partir o coração! Parece uma criança desesperada falando com Deus – diz Hilke com seriedade, sem nem sequer esboçar um sorriso. – Me deixe ver! – acrescenta rapidamente, como se estivesse dando uma ordem.

Com muita má vontade, Sven lhe passa o iPhone novo em folha, sem nenhum arranhão nem marca de dedo.

– Onde estão as outras duas? – pergunta ela. – Quero ler todas as mensagens, agora mesmo!

Sven não consegue conter o riso. E ri de Hilke, pois ela reage como se ele tivesse acabado de lhe falar sobre uma repentina audiência com o papa ou que Elvis ressuscitou.

– O que foi? – pergunta ela, indignada.

– Nada, nada – responde Sven, balançando a cabeça e achando graça.

– Já respondeu a ela?

– Não... Por que o faria?

– Homens! – Hilke revira os olhos e arqueia uma sobrancelha. – Pelo menos, você poderia avisar a essa pessoa que os esforços dela não estão servindo para nada. Afinal, talvez essa Mô não saiba que está enviando suas mensagens para a pessoa errada!

De repente, Sven hesita.

Contudo, Hilke continua, sem se abalar:

– Quem está recebendo os SMS dela é um monstro insensível que, como se não bastasse, se comporta de uma maneira odiosa e desalmada com uma criança pequena. Ao que parece, essa criança está muito preocupada com seu avô doente!

Então, Sven se sente realmente culpado e se pergunta se de fato não se tornou um homem desprezível, que só pensa em tecnologia e peitos.

Indignado, afasta esse pensamento da cabeça e rebate:

– Em primeiro lugar, uma criança nunca chamaria alguém de "amor" nem falaria de modo tão brega. Em segundo, no caso improvável de que seja uma criança com problemas mentais, do ponto de vista pedagógico certamente é melhor não lhe tirar a ilusão de que existe um deus ou qualquer outra figura celeste! Portanto, podemos dizer que estou lhe fazendo um favor!

O telefone de Hilke toca, e do outro lado da mesa ela ainda lança rapidamente a Sven um olhar de repreensão antes de atender.

Ele sorri com petulância e ar de vitorioso e volta a se dedicar a seu texto sobre crimes econômicos e informações privilegiadas na bolsa.

Contudo, seus pensamentos sempre retornam a essa curiosa história dos SMS. Talvez algum dia tente escrever um romance policial sobre ela.

Enquanto dá livre curso à sua imaginação, mantém o olhar concentrado na tela do computador, para que Hilke não o interrompa com algum de seus comentários mordazes.

O romance policial seria sobre um assassinato ocorrido no ambiente esnobe de HafenCity, uma fraude contra uma companhia de seguros, acompanhada por subornos milionários. Um dos funcionários descobre o que está acontecendo e decide chantagear o chefe cruel. No calor da emoção, estrangula um cúmplice na garagem subterrânea da empresa e o joga no rio Elba, sem perceber que um menino de nove anos assiste a toda a cena. No entanto, o menino sente medo e não se atreve a contar o que viu a ninguém. Como não sabe o que fazer com o que testemunhou, procura o telefone de um detetive particular na lista telefônica. Temendo que possam rastrear facilmente uma ligação ou uma carta manuscrita, decide enviar um SMS ao detetive para informá-lo do assassinato. Para tanto, rouba o telefone de um vizinho e envia uma mensagem que acaba levando os investigadores à pista correta e, por fim, a resolver o caso.

Sven não consegue deixar de sorrir ao achar essa ideia realmente original.

Hilke deve tê-lo observado, pois no mesmo instante não consegue evitar um comentário:

— O que foi? Acabou de descobrir seu lado humano?

— Muito engraçado.

— É mesmo. Seria muito estranho se, de repente, você descobrisse que também tem um coração, meu querido Svenni.

— Não me chame de Svenni! — replica Sven, irritado.

— Tudo bem, Svenni.

Os dois riem alto. Sven se dá por vencido e pergunta à colega se ela quer almoçar com ele.

Clara

Clara fica contente por ter dois dias de folga depois de sua primeira semana de trabalho. Contudo, não sabe muito bem o que fazer com o tempo livre. Fica angustiada por não ter nada programado, a não ser no domingo, quando vai encontrar Dorothea, irmã de Ben, para um café. Katja está viajando de novo. Às vezes, Clara a inveja por sua autonomia como arquiteta de interiores e por ela não precisar ir a um escritório estéril para cumprir um horário fixo. Por outro lado, é bem verdade que muitas vezes sua amiga é obrigada a trabalhar até tarde da noite, sobretudo quando seus clientes rejeitam seus projetos devido a alguma ideia de última hora. Apesar de tudo, Katja nunca se queixa e parece ter encontrado em sua profissão sua verdadeira vocação. Para ela, o trabalho chega a ser mais importante do que seus relacionamentos amorosos, que sempre acabam mudando de um dia para outro.

Katja sempre a pressiona Clara para que procure outro emprego o mais rápido possível. Acredita que a amiga é explorada no emprego atual e que recebe um salário inferior à média.

De fato, a situação da agência não parecia das melhores no último verão. Depois que um cliente importante desistiu de um contrato, Niklas teve de demitir quatro funcionários, dois deles do departamento de artes gráficas. Por essa razão, Clara teve de fazer muitas horas extras para receber em um mês o que Katja ganha em uma única semana de trabalho.

No entanto, Clara também se sente responsável pelo bom andamento da agência, sobretudo em tempos difíceis. Gosta de Niklas e da maioria de seus colegas. De todo modo, como não há muitas agências de publicidade nessa pequena cidade, ela teria de procurar trabalho em outro lugar. Mas dirigir todos os dias 50 quilômetros até Hamburgo e encarar um trânsito enorme? Quantas vezes não brigou com Ben por causa disso!

No fundo, os dois sempre se entenderam bem. Na maior parte do tempo, viviam uma relação harmônica e sem estresse. No entanto, bastava a conversa girar em torno de assuntos como dinheiro ou responsabilidades para começarem a brigar.

Obviamente, Katja e Ben tinham bons argumentos quando o tema da conversa era o progresso profissional de Clara. Mas, para Ben, era fácil falar, pensava Clara nesses momentos. Ele só pagava uma pequena parte do aluguel e não tinha grandes preocupações.

Quando muito, Clara só deixaria seu trabalho se encontrasse uma alternativa estável. Contudo, um emprego em Hamburgo também implicaria gastos adicionais com o deslocamento.

É claro que ela não podia enfrentá-los com argumentos tão fracos como esse, pois Ben e Katja jogavam na sua cara que ela simplesmente gostava de ser a principal funcionária da agência e, portanto, alguém indispensável, e por isso permitia que a explorassem.

Depois dessas discussões, Clara se sentia muito sozinha e incompreendida, sobretudo por Ben. Tinha a sensação de que ele era incapaz de entender até mesmo o contexto dos problemas. Desde o início do relacionamento, ela havia assumido o papel da racionalidade.

Fazia anos que Ben estudava e, de vez em quando, ganhava algum dinheiro como vocalista da sua banda "Chillys". Contudo, desde que se conheceram, ele nunca deu de fato um passo no sentido de construir um futuro para eles, como ele parecia desejar.

Mesmo a ideia de procurar um apartamento para que morassem juntos partiu apenas de Clara. Estava cansada de ter de passar a maior parte do tempo com Ben em uma quitinete. Ben tinha saído de casa ainda nos tempos de escola, depois que seus pais se separaram, e sempre viveu em repúblicas. Maconha, álcool e outras drogas eram quase parte de seu dia a dia. Clara, por sua vez, nunca quis saber de nada disso. Desse modo, concordaram que ele poderia continuar saindo e se divertindo com os amigos, que Clara considerava de caráter duvidoso, mas no máximo duas noites por semana.

Esse acordo funcionou muito bem nos dois primeiros anos, embora às vezes brigassem por conta disso. Ela o acusava de só querer se divertir e ele se queixava de que Clara nunca relaxava. Mas, por outro lado, Ben sabia melhor do que ninguém como contagiá-la com sua alegria de viver, como liberá-la, pelo menos de vez em quando, de seu espartilho, por exemplo indo buscá-la para um piquenique improvisado durante seu horário de almoço.

No entanto, no último aniversário de Clara eles tiveram uma briga feia. No dia em que completaria 30 anos, ela queria viajar para não ter de aguentar nenhum tipo de tolice nem a comilança preparada por sua mãe. Queria de todo jeito sair por alguns dias. Porém, quando Ben deixou claro que não tinha dinheiro para viajar, mais uma vez ela renunciou ao que havia planejado, depois de inúmeras e frustrantes tentativas. Quando disse a ele que obviamente pagaria tudo, Ben não quis nem ouvir. Era orgulhoso demais para viver à custa de Clara além das despesas cotidianas. Seu orgulho tampouco lhe permitia aceitar a ajuda financeira de seus pais.

Apesar disso, no dia do aniversário, Ben soube distraí-la com suas ideias pouco convencionais. E, mais uma vez, conseguiu que a ocasião fosse muito especial.

No final daquela tarde, quando Clara chegou em casa depois do trabalho, Ben a esperava junto da porta. Entregou-lhe uma bolsa de viagem e ordenou que entrasse no carro. Vendou seus olhos, pôs o CD da banda "Wir sind Helden" para tocar no último volume e dirigiu por meia hora pela região até lhe dizer que podia sair do veículo. Em seguida, pegou-a nos braços e subiu alguns degraus, tirou seus sapatos e a deixou descalça sobre uma areia fina e quente. Quando pôde abrir os olhos, Clara logo descobriu que não estava pisando na praia do mar Báltico nem de outro local de veraneio. Estavam no meio de sua sala de estar, que Ben tinha coberto com um plástico e areia fina, comprados em uma loja de material de construção. Antes de Clara se dar conta de que, para agradá-la, Ben havia trazido a viagem de férias para dentro de casa, Knut e Michi, os outros integrantes da banda "Chillys", começaram a tocar suas guitarras acústicas. Ben tinha composto uma canção especialmente para a ocasião, inspirada no álbum preferido dos dois, "The dark side of the moon", de Pink Floyd, e falava de saudade.

Whenever I watch the moon
I wish to come back as soon
as possible to kiss your lovely smilew
being with you a very sweet while,
Clara my heart, Clara my light,
your beauty is shining bright – all over the moon.*

Clara achou o refrão extremamente brega, mas o gesto por trás dele e os calorosos aplausos que surgiram de repente na cozinha por parte dos convidados da festa surpresa ainda hoje lhe causam um agradável frio na espinha. Foi uma festa fantástica, que qualquer um desejaria para seu aniversário. Até mesmo a reservada Bea admitiu na época que invejava Clara só por ela ter um namorado que sabia cantar tão bem e sempre tinha idcias geniais.

---

* Quando olho para a lua / sinto vontade de voltar o mais rápido possível / para beijar seu sorriso encantador / e passar um momento muito agradável com você, / Clara, meu coração, minha luz, / sua beleza brilha – em toda a lua. (N. da T.)

Clara não pôde deixar de rir e chorar ao mesmo tempo quando se lembra dessa noite. Sabe que a dor se tornará mais suportável com o passar dos meses. Mas será que algum dia vai conseguir entender Ben? Como pôde se sentir tão próxima de alguém que aparentemente nunca se abria de fato aos outros? Seria por isso que ele se refugiava com tanta frequência na música e nas drogas? Como ela não conseguiu perceber na época quão pouco Ben valorizava a si mesmo e seu talento? Teria ele a consciência pesada porque fingia ser um hedonista quando, na realidade, se sentia um fracassado?

Pelo menos foi o que Carsten lhe dissera.

Uma mistura de medo e raiva se apodera de Clara quando ela pensa em Carsten. Embora gostasse do melhor amigo de Ben e soubesse que, no fundo, era um bom sujeito, nos últimos tempos sentia essa amizade entre ambos como uma pedra no sapato.

Ben perdia mais tempo com Carsten do que com qualquer outro de seus amigos. Com nenhum outro passara tantas noites se drogando. Tal como ocorreu em sua última noite. No entanto, Carsten não esteve presente no momento decisivo. Ao que parece, não se sentiu bem. Pelo menos foi o que contou mais tarde em seu depoimento à polícia. Não se sentiu bem porque havia bebido demais e fumado muito baseado.

Deve ter ficado mais de meia hora no banheiro, enquanto Ben permaneceu na sacada. Ninguém sabe se, dado o alto nível de álcool encontrado em seu sangue, Ben teria se sentido seguro demais e, talvez por imprudência, se sentado na balaustrada de cimento. Ou se aproveitou a ocasião para tirar a própria vida depois da terrível discussão com Clara.

Carsten acha que essa queda assustadora do quarto andar não foi um acidente.

Nos primeiros dias depois da morte de Ben, Clara negou categoricamente a possibilidade de suicídio. As peças desse quebra-cabeça não se encaixavam nem mesmo nas noites em que se lembrava das brigas com ele.

Somente após as inúmeras e cansativas conversas com a senhora Ferdinand, sua psicóloga, é que Clara se aventurou a entrar aos poucos no mundo de Ben. E, aos poucos, começou a compreender que talvez Ben sofresse de uma crise de identidade, reprimida ou ocultada por muito tempo. No entanto, embora nessas sessões Clara aprendesse cada vez mais sobre as relações patológicas e tentasse aplicá-las à vida de Ben como um modelo, sempre chegava à sóbria conclusão de que sua morte extremamente precoce nada tinha de consoladora.

Seu Ben, um jovem com sonhos e desejos, talentos e fragilidades, tinha morrido cedo demais, sem nenhuma explicação e sem deixar carta de despedida. A única coisa que restava a Clara, à sua família e aos seus amigos eram as recordações, as fotos e suas canções.

Pela primeira vez depois de muito tempo, Clara se atreve a procurar em sua escrivaninha pelo CD com a canção que Ben lhe dera de presente em seu aniversário de 30 anos. Com dedos trêmulos, acaricia a capa que ela havia pintado com giz de cera naquela noite: uma lua em tons prateados e cintilantes, que brilha em meio à escuridão do universo.

Ao abrir a capa, Clara leva um grande susto. No dorso do invólucro descobre algumas linhas escritas à mão, com uma letra que lhe é muito familiar:

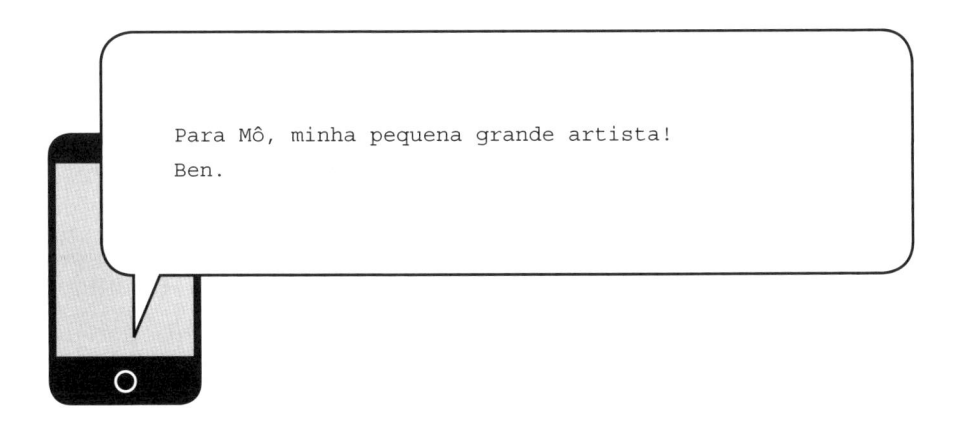

> Para Mô, minha pequena grande artista!
> Ben.

Sven

Sven está deitado em seu sofá, com as mãos cruzadas atrás da cabeça, olhando fixamente para o teto. É noite de sábado, e na televisão está sendo exibido um dos tantos programas de talentos que, na verdade, não lhe interessam nem um pouco.

Está esperando que chegue outro daqueles enigmáticos SMS. Nos últimos tempos, essas breves mensagens o têm ocupado mais do que ele gostaria de admitir. Sempre se pergunta quem seria a pessoa que as envia e se ele não poderia ser seu verdadeiro destinatário. Talvez algum conhecido seu esteja lhe pregando uma peça. Poderia ser algum ex-colega de trabalho ou alguém de seu curso de tai chi, que ele já não frequenta há meses.

Curiosamente, na noite anterior, o sinistro remetente lhe enviou um texto no qual agradecia sua mensagem. Será que os SMS estavam chegando ao destinatário correto, mas, devido a uma falha técnica, ele também estava recebendo uma cópia?

Sven decide que na segunda-feira logo cedo pesquisará no escritório se é possível que algo assim aconteça e, sobretudo, se existe alguma chance de a operadora telefônica lhe fornecer o nome do remetente, embora tudo indique que ele quer se manter no anonimato e não apareça em nenhuma lista telefônica.

É claro que Sven poderia ligar para o número de telefone e pedir gentilmente ao remetente que pare de lhe enviar os SMS. Contudo, de certo modo não se sente confortável para fazer isso. Talvez porque também esteja um pouco curioso.

Na verdade, Sven se considera um homem discreto, que só se intromete nos assuntos que lhe dizem respeito. Sem dúvida se comporta de forma diferente quando se trata de investigações relativas a seu trabalho. "Talvez todo ser humano tenha dentro de si certo desejo de obter informações secretas", pensa enquanto se serve de uma taça de vinho. "Mas nem todos os jornalistas são iguais."

No final das contas, Sven se orgulha de poder trabalhar para uma conhecida revista internacional em uma editora renomada. Na semana anterior, as coisas correram um pouco melhor para ele do que nos últimos tempos. Apesar de seus ares de superioridade, Breiding até elogiou a entrevista que ele fez com o novo assessor de Esportes e Desenvolvimento das Nações Unidas.

Depois de algumas taças de uma garrafa de vinho tinto que ganhou de seu pai, Sven nota que já são dez e meia. Pega novamente o celular. Fica surpreso ao constatar que hoje ainda não recebeu nenhum SMS. Examina a tela sem conseguir acreditar. Nada. Quase decepcionado, vai até o banheiro.

E justamente quando está para pegar a escova de dentes, ouve o som que indica a chegada de uma mensagem. Imediatamente, larga a escova e corre até o telefone. Olha o número do remetente desconhecido, que ele salvou como "Noname". A pessoa sem nome escreve:

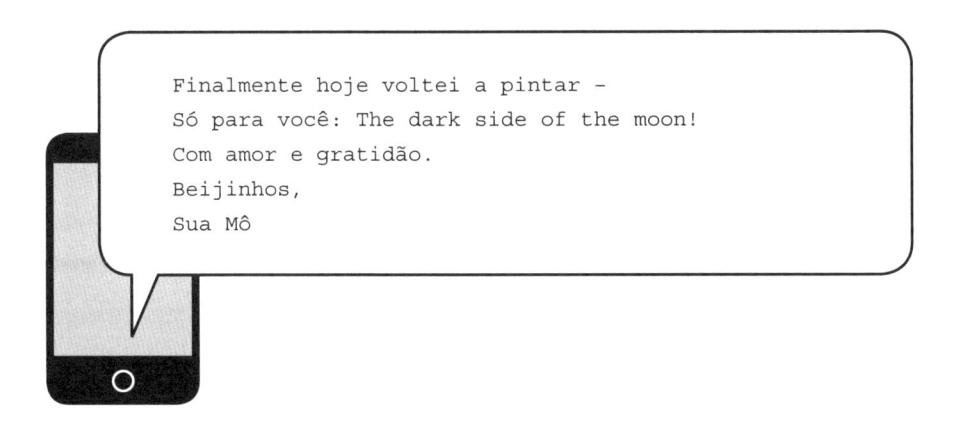

```
Finalmente hoje voltei a pintar –
Só para você: The dark side of the moon!
Com amor e gratidão.
Beijinhos,
Sua Mô
```

Sem querer, Sven não pôde evitar um leve sorriso. O disco de Pink Floyd é um dos mais antigos de sua coleção. Vai até a estante comprida e branca da sala de estar, onde guarda todos os LPs e CDs em ordem alfabética. Pega o disco e observa a capa achando graça, pois lhe parece muito familiar e logo desperta associações com sua tenra juventude: as primeiras festas, os porões revestidos de madeira, os amigos da época, seu primeiro amor... Namorava Michaela havia mais de dois anos. Embora no fundo ela nunca quisesse fazer sexo, Sven tem boas recordações do período que passou com ela. Certa vez, foi flagrado pelo pai depois da escola, enquanto tentava, todo atrapalhado, abrir o sutiã de Michaela. Foi o momento mais embaraçoso que tinha vivido até então. Hoje Sven tem muito mais idade do que seu pai tinha na época, mas naquele momento ele lhe pareceu bem mais velho.

Sven observa os dois lados do disco com cuidado. Será que se sentiria mais maduro se sua mãe não tivesse morrido tão cedo? Certamente um profissional seria capaz de confirmar essa tese de psicologia de botequim.

"Mas até agora não me saí tão mal sem ajuda profissional", pensa Sven, "embora Hilke queira me convencer do contrário".

Decide colocar o disco para tocar. Visualmente, a vitrola contrasta bastante com seus modernos amplificadores e seu equipamento da marca Bang & Olufsen. Faz anos que não a utiliza. Ansioso para saber se o aparelho ainda funciona, Sven coloca a agulha na terceira faixa, "Time". A música toca com uma qualidade surpreendente. Ele aumenta um pouco o volume, verte na taça o que resta do vinho na garrafa e toma um bom gole. Abre a porta que dá para o terraço e enche os pulmões de ar fresco. Seu olhar vagueia pelos edifícios da frente. Veem-se poucas luzes acesas. Em compensação, a lua brilha com uma claridade extraordinária acima da cidade.

"A vida pode ser bela", pensa Sven de repente. E sem se ater de maneira consciente a determinado pensamento, pergunta-se quando foi a última vez em que se sentiu tão bem.

Clara

Orgulhosa, Clara observa o quadro no cavalete. Ela está em pé no meio da grande cozinha, como se estivesse em uma aula de pintura do jardim de infância. Há muitas tintas, pincéis e pequenos recipientes espalhados pelo recinto.

Exausta, senta-se na cadeira e só então nota que seus braços estão dormentes de tanto pintar. Já não se lembra quando foi a última vez em que se dedicou a alguma coisa com tanta tranquilidade e paixão. Claro que às vezes tinha de fazer desenhos menores ou esboços à mão, na agência, mas com certeza há mais de dois anos não pintava quadros de verdade, a óleo, e ainda por cima em uma tela grande e emoldurada. Clara não entende por que deixou passar tanto tempo. Refugiar-se nesse mundo fascinante de cores e formas lhe faz bem, um mundo onde não existem reflexões e o espaço e o tempo caem em total esquecimento.

Não teve a oportunidade de pintar nos últimos meses com Ben. Primeiro, queria arrumar o novo apartamento e passou várias semanas ocupada com a reforma. Não sobrava tempo para as pinceladas criativas. E mesmo depois, não houve espaço nem tempo para coisas que gostava de fazer quando vivia sozinha. Em vez disso, mais de cem desenhos, aquarelas, quadros a óleo e gravuras se amontoavam no novo porão, sem que ela jamais voltasse a olhar para eles.

O celular de Clara toca de repente quando ela está voltando da geladeira para a cadeira da cozinha com um refrigerante na mão. Ela hesita um pouco em ir até o corredor para ver quem está lhe enviando um SMS tão tarde. Ri de si mesma ao pensar que talvez Ben tenha lhe mandado uma mensagem. Mas se o SMS não é de Ben, só pode ser de Katja.

Clara se levanta com certa dificuldade e pega o celular. De fato, sua amiga lhe pergunta:

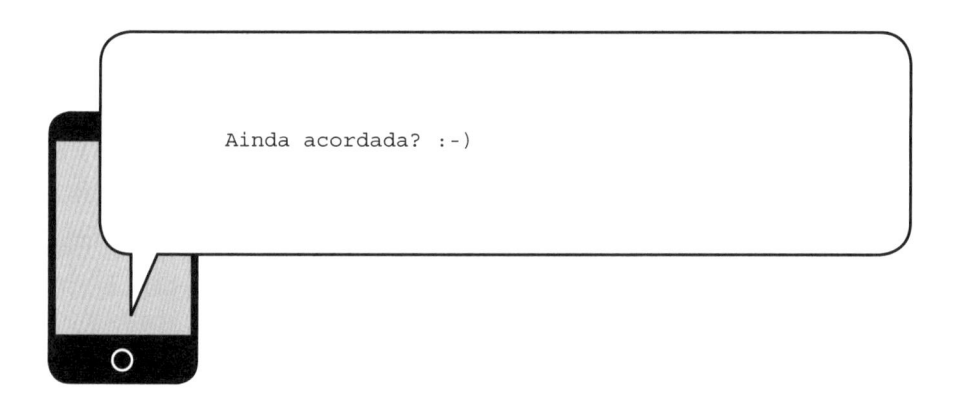

> Ainda acordada? :-)

Clara pressiona a tecla verde para ligar diretamente para ela.

– E aí? Onde você está?

– Indo para a sua casa. Posso?

– Claro! Mas pensei que você ainda estivesse em algum lugar no sul da Alemanha.

– Bom, em primeiro lugar, Kassel não é exatamente na Baviera; e, em segundo, foi um fiasco. Mas conto pra você depois.

– Tudo bem. Vou abrir um *prosecco*.

– E um pacote de lenços de papel, por favor. Já estou chegando!

Antes que Clara pudesse perguntar o que Katja estava querendo dizer, sua amiga desligou.

Clara guarda o quadro e o cavalete na despensa, corre para o banheiro, joga a velha camiseta que usa para pintar na banheira e lava as mãos, primeiro com solvente, depois com bastante sabão. Quando se olha no espelho, não consegue evitar um sorriso largo e quase feliz. Está muito satisfeita com o dia bem-sucedido e com a visita espontânea da amiga.

Assim que volta para a cozinha, a campainha toca.

– Oi, querida! – cumprimenta Katja, ofegante, depois de subir correndo a escada, e abraça Clara, como sempre de forma apressada. Katja é uma pessoa impulsiva por princípio e, antes que Clara se dê conta, já está acomodada no sofá.

– Preciso confessar uma coisa. Mas não vá reclamar, está bem? – grita Katja na direção da cozinha, onde Clara pega o *prosecco*, duas taças e um pacote já aberto de batata *chips*.

– Quanto suspense!

– Bom, confissão número um: não fui a Kassel a trabalho. Confissão número dois: estou apaixonada. Confissão número três: o filho da mãe é casado!

Clara leva um susto e quase deixa cair a garrafa da mão. Antes que possa responder, Katja continua:

– Não contei nada para você até agora porque... Bem, porque eu não sabia se você poderia ouvir isso sem ficar triste.

– Ouvir o quê? – pergunta Clara com certo ressentimento na voz.

– Ah, que estou muito feliz por ter conhecido Robert. Ou melhor, que eu estava feliz!

– Bom, uma coisa de cada vez. Primeiro você deveria saber que comigo pode falar de tudo. Ainda vivo neste planeta e não sou uma extraterrestre que não pode ouvir.

– Sim, eu sei, mas...

– Além do mais – Clara interrompe sua amiga com um tom mais ameno –, fico feliz quando ouço que o mundo, ou pelo menos parte dele, vai bem.

– Olhe, tão bem ele não vai, não – diz Katja com uma seriedade que não lhe é habitual, esvaziando sua taça de uma só vez.

– Vamos lá, me conte tudo. Desde o começo. E ai de você se me poupar de alguma coisa!

Katja precisa de mais de meia hora para contar toda a história. Está muito agitada, como se não conversassem há meses. Ocultou por muito tempo da melhor amiga o que a mantinha tão ocupada. No início, a relação com Robert foi bem tranquila, aliás como com os outros homens com os quais Katja costumava terminar após uma fase breve e apaixonada, quando se cansava deles. Só uma vez ela se apaixonou de verdade. Foi aos 17 anos, por um professor bem mais velho do que ela. E agora aconteceu de novo. Clara mal consegue acompanhar a narrativa, tamanha a quantidade de detalhes que para sua amiga parecem essenciais.

Robert tem 1,87 m e, segundo Katja, está mais para magro. Não tem um grama de gordura no corpo, sempre pratica esportes e passa o restante do tempo no escritório, investindo em alguma coisa. Também divide seu tempo com a mulher, algo que ele havia ocultado até cinco horas antes.

Katja está furiosa. E quando Clara faz menção de abrir uma segunda garrafa de *prosecco*, a amiga dá vazão à sua irritação.

– Ele é mesmo casado. Aquele sacana!

Ao que parece, a mulher dele não sabia de nada, assim como Katja. Ela teria ido passar o fim de semana na casa dos pais, na Frísia Oriental, e Robert achou a ocasião perfeita para convidar Katja para ir à sua casa, em Kassel. Até então, eles haviam sempre se encontrado apenas no apartamento de Katja, em Lüneburg, ou em hotéis em Hamburgo, sempre que ele podia alegar que estava viajando a negócios.

– O sacana ficou se gabando, veio com uma conversa de que eu poderia reformar sua casa. Como se eu pudesse transformá-la em um castelo! – Nesse meio-tempo, Katja começa a balbuciar, e sua voz alcança tons que Clara não conhecia.

Clara ainda não sabe ao certo se a fase da raiva está para estourar ou se logo virão as primeiras lágrimas. Sentindo-se um tanto sobrecarregada com a situação, decide se limitar a ouvir e esperar para ver se amanhã, depois que Katja acordar, o "sacana" ainda será tão sacana assim.

Katja suspira e olha fixamente para Clara.

– Mudando de assunto, por que você está tão magra? Estou começando a ficar preocupada. Antigamente esses pacotes de batatinha não duravam nem uma hora perto de você! – Pega um punhado do salgadinho e enfia tudo com vontade na boca. Logo em seguida, faz uma careta.

– Eca! Quando você abriu esse pacote?

– Sei lá, há uns dois meses... – Clara baixa o olhar e completa com um sorriso ligeiramente atormentado: – Você sabe. Estou fazendo a dieta da *separação*!

Katja quase se engasga. Insegura, olha para Clara, hesita brevemente, mas depois desata a rir e, em um segundo, acaba espalhando por todo o sofá um monte de batata *chips* mastigada.

– Dieta da separação! – repete tossindo. – Ai, meu Deus! A nova dieta desenvolvida pelas criaturas mais infelizes do universo: Clara Sommerfeld e Katja Albers. A receita infalível para perder peso: primeiro se apaixonar, depois, separar. Perca dez quilos em oito semanas! – Katja quase grita as palavras e dá uma risada tão contagiante que Clara ri automaticamente com ela, até sua barriga doer.

– Mas, agora, vamos falar sério – diz Katja por fim, e pega de novo algumas batatas. – Vamos ter de dar comida na sua boca!

– Bobagem. Hoje é a sua vez de falar – responde Clara, servindo as taças.

– Ah, vou deixá-lo em banho-maria. Sempre funciona.

– Em todo caso, foi bom você não ter deixado que ele se saísse bem bancando o covarde.

– Tem de haver uma punição!

– Sim, mas desde que não seja você a única pessoa punida no final. Acha mesmo que ele vai deixar sua mulher?

– Não faço ideia. Mas o que vivemos até agora foi realmente maravilhoso. Você também deveria procurar algo parecido na internet!

– Sim, claro. Vou colocar um anúncio: "Viúva empedernida procura alguma coisa masculina em loja de quinquilharias".

– Que bobagem! Hoje, a maioria dos casais se conhece *on-line*. Não são só os pervertidos ou os que têm dificuldade de encontrar alguém que buscam a internet.

– Em compensação, há um monte de babacas casados que levam vida dupla!

– Pois é. E justamente eu fui cair nessa! – Katja baixa o olhar e dá um grande bocejo. – Mas eu também não fico atrás. Já chifrei tantos caras! Provavelmente algum anjo abominável lá em cima resolveu fazer justiça e...

De repente, o silêncio toma conta da sala. Katja olha para Clara um pouco sem graça, como se tivesse comido o último pedaço de bolo da amiga.

– E o que o anjo vingador pensou no meu caso? Que erro eu cometi? – pergunta Clara, mais para si mesma. Suas palavras têm um gosto amargo.

– Ah, querida, eu sei, estou me lamentando aqui com uma dor de cotovelo banal, mas seu fardo é infinitamente maior.

– Não é, não. Além do mais, se o seu fardo for tão pesado quanto o meu, temos de resolver isso de alguma forma. Talvez você e o Robert sejam mesmo feitos um para o outro.

– Pois é, mas só se ele criar coragem... – disse Katja, desatando a rir. Quando tornou a se acalmar, apontou para os inúmeros copos e pincéis que estavam no parapeito da janela. – Diga uma coisa: o que é tudo isso aí? Você voltou a pintar?

– Voltei. Ontem comecei uma tela grande – respondeu Clara com um sorriso quase envergonhado, mas orgulhoso. – Vou te mostrar, mas só quando estiver pronta!

No dia seguinte, Clara está nervosa diante da porta da casa da irmã de Ben. Passou a semana inteira tentando não pensar nesse encontro. Mas de maneira alguma cancelaria o compromisso com Dorothea. Clara se sente responsável pelo bem-estar de "Theo", como Ben a chamava carinhosamente, pois sabe que Dorothea está mal há dois meses, desde a morte do irmão. Porém, apesar de ter apenas 25 anos, é muito madura e se esforça para parecer corajosa diante de Clara.

Combinaram de fazer algo agradável. E como o tempo nesse domingo está muito bonito, Clara pensa em sugerir a Dorothea uma excursão de primavera até Hamburgo. Pelo menos lá tem certeza de que poderão se locomover com mais liberdade, sem se lembrarem de Ben em cada esquina.

Às vezes Lüneburg parece um perigoso campo minado. No bar que costumavam frequentar, no restaurante do Beppo, no cinema, no parque do balneário, nas termas, nas lojas e até mesmo nos caminhos mais remotos de Wilschenbruch, o grande e idílico bosque da cidade... As lembranças estão à espreita por toda parte. Como franco-atiradores traiçoeiros, que de seu esconderijo disparam pequenas flechas bem no alvo. Flechas que atingem o centro do coração e às vezes doem tanto que Clara já não consegue respirar. Nesses momentos, ela gostaria de poder se transportar para outro tempo. Talvez para cinco anos no futuro. Espera que nesse tempo tudo estivesse um pouco mais "normal", ainda que nada possa voltar a melhorar e um "normal" sem Ben seja realmente impensável.

Talvez Katja tenha razão. Talvez ela tenha de tentar se distrair com outros homens. Afinal, quem garante que ela e Ben realmente se casariam tal como haviam prometido um ao outro? Se ele de fato tirou a própria vida, simplesmente a abandonou sem nem uma palavra de despedida. No entanto, o Ben que ela conhecia e amava nunca teria feito algo parecido.

Clara ainda se lembra perfeitamente de uma noite, há cerca de um ano, quando assistiu a um programa de televisão sobre pessoas que tinham ido embora de casa às escondidas, sem dizer nada nem se despedirem. Deixavam suas famílias e seus amigos, provavelmente iam morar no exterior, fazendo os parentes adoecerem de preocupação porque não sabiam o que tinha acontecido. Uma mãe entrevistada, cujo filho havia sumido de um dia para o outro, disse que a incerteza é muito pior do que o verdadeiro luto pela pessoa amada que tenha de fato morrido. Esperar todos os dias por um retorno e repensar constantemente nos acontecimentos do passado, em busca de indícios que possam confirmar ou esclarecer o desaparecimento, são ações que acabam levando à exaustão.

Agora, petrificada diante da casa onde Dorothea mora com o pai, de repente Clara se dá conta de como é grata pelo fato de ela e todos os outros terem tido a possibilidade de se despedir de Ben com dignidade.

Clara nem sequer poderia dizer que o dia do enterro foi o pior de sua vida. Muitas pessoas compareceram à missa e ao velório. E embora a atmosfera estivesse tomada pela música de Ben, que ela havia escolhido com Katja e Knut entre os temas da banda para esse dia, Clara passou pouco tempo sozinha ou com pensamentos solitários em Ben. Internamente, sentia-se em paz, o que sem dúvida sua mãe atribuía aos métodos de cura do Reiki e às pílulas homeopáticas. Na época, Clara pouco se importava com o que lhe davam para tomar. O médico da emergência lhe aplicou uma injeção de calmante depois que a polícia esteve em sua casa, deu-lhe a triste notícia e interrogou-a sobre a existência de alguma carta de despedida e as condições em que Ben vivia. Depois disso, toda noite tomava comprimidos para dormir e gotas de florais de Bach; também fez algumas sessões de Reiki com sua mãe, que acreditava ser capaz de curar as dores de sua alma apenas com a imposição das mãos.

Na realidade, Clara odeia quando sua mãe vem com essas bobagens esotéricas. Quantas vezes não brigaram por causa disso! Sua mãe trabalha em um escritório, mas há anos tenta encontrar sua verdadeira satisfação na cura de pessoas. "Mas, para conseguir fazer isso, ela deveria primeiro ajudar a si mesma, de tão maluca que é", pensa Clara. Sua mãe sempre dá um jeito de envolvê-la em conversas sobre a harmonia com a energia, o universo ou seja lá quem for. Faz tempo que Clara não consegue acompanhá-la. É claro que ama a mãe, mas é um amor bem diferente do que sente por seus avós ou até mesmo por seu pai.

A mãe e ela simplesmente são muito diferentes. Karin é cheia de vida e impertinente. Clara se sente mais tranquila e introvertida. Karin tem opinião a respeito de tudo, e gosta de manifestá-la mesmo quando não é solicitada a fazê-lo; já Clara prefere passar despercebida, e algumas vezes foi tachada de calculista e pouco espontânea por causa disso. Clara também acha a aparência de Karin, seu modo de se vestir e até de decorar o apartamento tão estranhos que de vez em quando se pergunta se não foi adotada.

Por outro lado, Clara sabe o quanto deve ser grata pelo fato da mãe, ao seu modo, se preocupar tanto com ela. Afinal, nem todos os conselhos bem-intencionados são totalmente equivocados. Karin e, naturalmente, Katja, estiveram ao seu lado o tempo todo e a ajudaram a providenciar tudo o que era necessário para o enterro. Os pais de Ben, ao contrário, não estavam em condições de chegar a um acordo e resolver questões de organização, como costuma acontecer com muitos parentes em desespero pelo luto. Não, foi Karin quem cuidou de tudo e teve coragem para selecionar as coisas de Ben, embora Clara só quisesse doar muito poucas.

No armário que dividiam, agora estão apenas as coisas de Clara. Contudo, ela deixou alguns sacos com as roupas dele na despensa e alguns de seus objetos pessoais em caixas na sala. Essas "urnas funerárias" sugerem uma proximidade que não existe e causam certo mal-estar a Clara.

A única coisa que usa dia e noite, embora não seja muito fã de joias, é o anel que Ben lhe deu quando a pediu em casamento. O anel que ela dera a Ben de Natal foi com ele para o túmulo, junto com outros pertences. Na realidade, foi um ato ilegal.

Cerca de um mês depois do enterro, Katja reuniu toda a sua coragem e apresentou a Clara essa ideia maluca. Pois somente depois da confusão do enterro Clara se deu conta de que queria ter enterrado mais algumas coisas com Ben. Assim, em meio à escuridão da madrugada, as duas foram até o túmulo e, com o coração acelerado, cavaram um buraco de cerca de 30 centímetros de profundidade bem na frente da lápide e nele depositaram uma caixa contendo uma longa carta de despedida, que Clara havia escrito por sugestão da senhora Ferdinand, e o anel que a funerária lhe havia entregado junto com o relógio de Ben, sua carteira e seu celular, envolvidos em um envelope branco. Clara incluiu na caixa o celular, pois simbolicamente representava as pequenas demonstrações de amor a ligação dos dois.

Guardou o relógio de pulso para Dorothea. "Talvez hoje seja uma boa ocasião para entregá-lo a ela", pensa Clara enquanto toca a campainha. As poucas vezes em que se encontraram antes foram bastante tristes, e Clara não quis provocar ainda mais lágrimas com grandes gestos.

Nesse momento, sente claramente um medo indefinido ao ouvir passos lá dentro. Torce muito para que o pai de Ben não esteja em casa. Reza para que ele não lhe pergunte como está, com suas palavras amigáveis, mas olhar de reprovação, como se ela estivesse tomando café e batendo um papo descontraído com velhas senhoras.

– Olá! – diz Dorothea, contente, ao abrir a porta. – Que bom que deu certo! – Suas palavras soam muito sinceras e calorosas. Abraça Clara afetuosamente e logo dissipa seu medo com a alegria do reencontro.

– Também fico feliz. E por mim poderíamos partir agora mesmo! O que você acha de ir a Hamburgo? Poderíamos passear à beira do Alster ou do Elba – diz Clara, sussurrando.

Dorothea concorda com entusiasmo e pega seu casaco.

Em silêncio, caminham até o velho Peugeot de Clara. Ela percebe que Dorothea olha com inquietação para a casa. Estaria procurando pelo pai? Clara sabe que, depois da morte do filho, ele não fica bem sozinho. Aparentemente, nada sabe sobre aquele encontro.

Quando se sentam no carro, a irmã de Ben diz, de repente:

– Ele anda bebendo como um gambá. Não vou aguentar por muito tempo!

Clara fica surpresa com a declaração tão direta de Dorothea.

– Seu pai?

– É, não sei mais o que fazer. E provavelmente não sou a pessoa mais indicada para corrigi-lo.

– Acha que ele aceitaria ajuda?

– Nunca. Ele é tão cabeça-dura quanto Benni – explica Dorothea com tanta franqueza que suas palavras soam carinhosas, embora sejam amargas.

Ficam em silêncio por um instante e, de certo modo, isso também faz bem a Clara. Sempre se sentiu próxima de Dorothea apesar de, até o momento, quase não terem vivenciado uma oportunidade de se tornarem amigas de verdade. Não por causa da diferença de idade, mas simplesmente porque Clara não queria se meter em questões familiares, e quase sempre acabava deixando Ben ir sozinho visitar a irmã, pois os dois se viam muito pouco.

Quando atravessam as pontes sobre o rio Elba, após meia hora de viagem, Clara sente uma repentina pontada no peito. A última vez que esteve em Hamburgo foi com Ben, na festa de inauguração do apartamento de Lilo e Jan, casal que havia sido vizinho deles e decidiu se mudar para Altona para não apodrecer no interior. Os quatro costumavam se divertir muito. À noite, sempre improvisavam churrascos, sessões de DVD ou de jogos.

Clara nota que está prestes a mergulhar em seus pensamentos, embora Dorothea tenha voltado a falar sobre sua dificuldade para lidar com seus pais separados, que, mesmo depois da morte de Ben, quase não se falam e, quando o fazem, nunca é com palavras amenas. Ela teme até mesmo que agora se odeiem ainda mais e se atribuam reciprocamente a culpa pela morte do filho.

– Talvez a culpada de tudo seja eu – diz Clara de repente, mordendo o lábio, pois, na verdade, não quer confrontar Dorothea com essa ideia.

– Você está louca! Nem pense em uma coisa dessas, Clara! – responde Dorothea com tanta rapidez que suas palavras parecem sair diretamente do coração. – Como pode pensar em uma bobagem dessas?

– Mas é possível. Se ele realmente... – Clara hesita. – Se ele realmente decidiu partir, foi por alguma razão. Talvez tudo fosse demais para ele ou a pressão fosse muito grande, sei lá...

Clara não consegue olhar Dorothea no rosto. Olha fixamente para a luz vermelha do semáforo em Rödingsmarkt. Tem medo de que seus temores se tornem mais verdadeiros depois de tê-los pronunciado pela primeira vez.

– A que tipo de pressão você se refere?

– Bom, é que pelo visto eu o forcei a levar uma vida que talvez ele não quisesse. Tudo o que eu queria era um lar, uma família, um salário decente. Enfim, segurança. Mas talvez Ben não estivesse pronto para isso.

– Nesse caso, ele poderia ter dito alguma coisa. A culpa seria dele, então! Às vezes eu fico com muita raiva dele.

– Com raiva? Por quê?

– Ah, porque ele me deixou sozinha com todo esse problemão na nossa família. Primeiro, saiu de casa; depois, desapareceu completamente. E ainda tomou aquelas malditas drogas... Você não fica com raiva disso?

– Fico. Mas não tenho nenhum direito de ficar.

– Claro que tem! Li que a raiva até faz parte do luto. – Dorothea revira os olhos e cerra os punhos. Resmunga, furiosa. – Às vezes realmente tenho vontade de... matá-lo!

O coração de Clara dispara. E o carro também começa a dar solavancos, pois o motor falha quando ela tenta partir novamente.

Após dois segundos em estado de choque, elas se olham nos olhos. E, de repente, desatam a rir.

Depois dessa frase tão absurda de Dorothea, foi como se um nó tivesse arrebentado. E ainda passaram uma bela tarde juntas, pensa Clara já com a noite avançada, quando se deita, exausta, em sua cama. Está feliz porque encontrou o momento adequado para entregar a Dorothea o relógio de pulso de Ben.

Se divertiram como nunca. E, no entanto, também choraram juntas. Por exemplo, quando estavam em Landungsbrücken, contemplando a outra margem do rio Elba, Dorothea emudeceu de repente. Ao vê-la assoar o nariz, Clara teve certeza de que tinha chorado, embora não olhasse diretamente para seu rosto. Não era necessário. Clara compreendeu. E, aos poucos, Dorothea contou sobre o primeiro *réveillon* sem seus pais. Tinha 15 anos e ficou muito orgulhosa porque Ben concordara em levar sua irmã mais nova para Hamburgo. Primeiro, comemorariam a virada do ano com alguns membros da banda dele no bairro boêmio; depois, à meia-noite, passariam de carro pelo porto, para verem melhor os fogos de artifício perto da arena de espetáculos musicais.

Seja como for, até onde Clara podia avaliar, os dois irmãos sempre se deram bem. No entanto, realmente não passavam muito tempo juntos.

Pelo menos era o que Dorothea também parecia expressar. Ela disse que estava muito triste porque sempre admirou o irmão. Agora, era filha única e estava com a consciência pesada porque tinha superado muito melhor do que o irmão a conturbada infância deles. E isso apesar de Ben sempre ter parecido ser tão forte. Ele era como um porto seguro para Dorothea; alguém com quem ela sempre podia contar e que estava sempre presente em seus momentos difíceis.

Clara pôde compreendê-la muito bem quando Dorothea lhe expôs tudo isso em monólogo contínuo, como uma espécie de elogio fúnebre. Nesse momento, sentiu que talvez ela fosse a única pessoa com quem a irmã de Ben pudesse falar tão abertamente. E logo se sentiu um monstro egoísta por até então nunca ter percebido a dor dos outros além de seu próprio desespero e de sua própria tristeza.

Por essa razão, Clara está muito feliz por ter se atrevido a confessar a Dorothea a história dos SMS. A irmã de Ben não achou nada estranho nem louco, mas até divertido. Por isso, Clara também se sentiu encorajada a lhe descrever como teve a ideia de mandar mensagens para Ben, algo que acabou se transformando em um ritual tranquilizador para ela.

Clara também lhe confessou que posteriormente deixou o celular de Ben no túmulo, e Dorothea lhe disse, com um sorriso caloroso e quase esperançoso, que, nesse caso, ela ainda teria uma oportunidade de transmitir a seu irmão o quanto estava brava e, ao mesmo tempo, que se arrependia por não lhe ter dito mais vezes o quanto o amava.

Agora Clara puxa a coberta e sorri ao imaginar Dorothea enviando um SMS ao irmão de vez em quando e talvez também encontrando algum consolo nisso. E está feliz por não ter tido medo de confidenciar seus pensamentos à irmã de Ben. Pensamentos que, quando muito, só quis compartilhar com sua avó e às vezes com Katja, quando estavam com uma quantidade suficiente de álcool no sangue. Mas com Dorothea sente-se até bem de contar histórias absurdas, que no passado ouviu sobre pessoas que perderam algum parente. Desde a morte de Ben, esses episódios sempre voltam à sua mente. Ao que parece, há pessoas que de fato passam por uma espécie de experiência energética depois que perdem uma pessoa amada.

Clara contou a Dorothea sobre o que teria acontecido à sua mãe dez dias depois que seu pai falecera. Na época, Karin foi de balsa até a Suécia para se afastar de tudo. Enquanto Clara se mudou provisoriamente para a casa de Lisbeth e Willy, sua mãe quis tentar, com essa viagem à Escandinávia, abandonar toda a sua dor. Afinal, tinha passado meses cuidando do marido, sendo obrigada a constatar diretamente a degeneração progressiva de seu corpo. Até hoje, Clara não sabe se o casamento de seus pais era o que se poderia chamar de grande amor. Porém, é bem capaz de imaginar o quanto essa perda deve ter sido ruim para sua mãe. E embora Karin tenha hoje um novo relacionamento, Clara sabe que a ligação entre seus pais era muito especial. Sem contar o fato de que alguém tão chato como Reinhard não consegue chegar nem aos calcanhares de seu pai.

Seja como for, naquela ocasião em que Karin estava no convés da balsa, já estava escuro do lado de fora. Sobre a embarcação caía uma tempestade de verão, que a encharcava e a impedia de ver com clareza. Ela estava junto ao parapeito, observando os relâmpagos que caíam no horizonte. De repente, um raio caiu bem à sua frente. Pouco depois, Karin foi invadida por uma sensação de bem-estar, como se ainda pudesse sentir seu marido por perto. Tão perto que ele parecia ter migrado para o corpo dela. Segundo as descrições de sua mãe, durante esses poucos segundos – ou até minutos –, ela se sentiu feliz como nunca. Acreditou que seu marido ou a energia dele de fato estivesse com ela naquele momento de alguma maneira. E isso lhe deu tanta paz interior que lhe faltaram palavras para descrever o processo com mais exatidão. Mas essa sensação que experimentou nitidamente na época ainda hoje lhe confere um brilho vivo no olhar quando fala sobre ela. E embora saiba que Clara sempre se sente incomodada com esses assuntos, Karin nunca se cansa de enfatizar o quanto essa experiência foi importante para sua visão de mundo, para seu caminho rumo à fé e para uma despedida reconciliadora.

No entanto, Clara ficou com muita raiva quando sua mãe tirou essa história do fundo do baú após a morte de Ben. Achava inconcebível que, em meio a essa profunda crise, a mãe só pensasse em aproveitar a situação para liberar seu esoterismo maluco.

Ultimamente, Clara sempre pensa nisso. Não consegue parar de imaginar que Ben a está espiando de algum lugar, só esperando por uma boa ocasião para se fazer notar. Por isso, levou um belo susto quando a luz se apagou logo depois de ter-lhe enviado o primeiro SMS. Contudo, tem medo de contar o fato à sua mãe, pois o aspecto sinistro da história poderia se tornar ainda mais real. Mesmo assim, todos os dias espera por um sinal de Ben, dizendo-lhe que ele está bem, que está olhando por ela e que um dia tudo voltará à normalidade.

Embora hoje, depois do encontro com Dorothea, Clara se sinta muito próxima de Ben e queira lhe escrever um SMS para lhe contar isso, prefere guardar para si seus pensamentos. Por mais ridículo que lhe pareça, desta vez quer dar a Dorothea a prioridade de abastecer seu irmão com as novidades.

Sven

– Agora ainda tenho de ser insultado! – diz Sven ao cumprimentar Hilke, com uma expressão quase de orgulho.

– Antes de tudo, bom dia – responde Hilke com rigor. – Breiding perdeu a cabeça de novo?

– Não. Outro SMS. Escute só: "Estou com tanta raiva de você que seria capaz de te matar.". Radical, não?

– O que você andou aprontando? – pergunta Hilke, sorrindo.

– Meritíssima, sou totalmente inocente – declara Sven com as mãos erguidas. – Até me comportei bem no fim de semana!

– Ah, é? Não acredito em você. Mas por que a Mô escreveria algo assim?

– A ameaça de homicídio não foi da Mô, mas de um tal de Theo.

– Me deixe ver!

– Sven revira os olhos, busca a mensagem na tela e entrega o telefone à colega.

Hilke procura os óculos e lê:

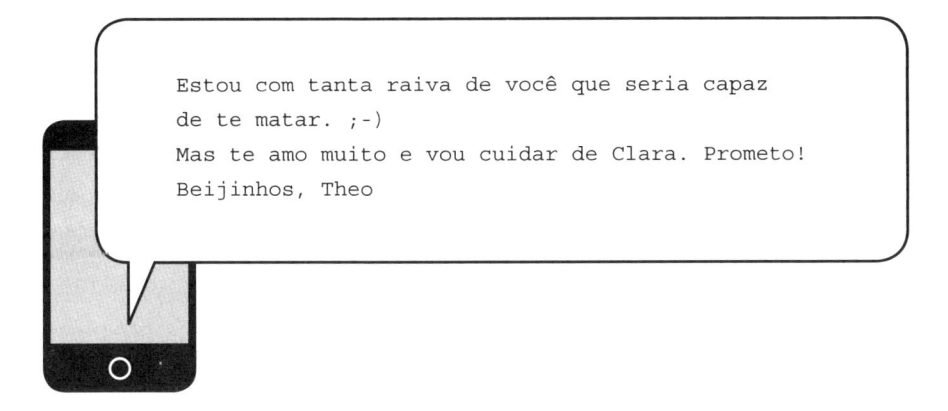

```
Estou com tanta raiva de você que seria capaz
de te matar. ;-)
Mas te amo muito e vou cuidar de Clara. Prometo!
Beijinhos, Theo
```

– Clara, Theo, Mô... Quanto mistério! Parece que alguém chifrou alguém, e um cara está com raiva do outro; por isso, vai cuidar dessa tal de Clara.

Sven se mostra entediado.

– Não faço ideia e pouco me importa. Mas, se continuar assim, vou ligar para o número e pedir para esse sujeito parar de me incomodar!

– Você tem certeza de que Theo não é Mô?

– Sei lá! Em todo caso, essa nova mensagem vem de outro número.

– E quem é "Noname"? – pergunta Hilke para surpresa de Sven, pois, aparentemente, ela entrou em sua lista de mensagens.

– Vamos, me dê isso aqui!

– Estou achando essa história cada vez mais emocionante – diz Hilke ao abrir um copo de iogurte, como se estivesse se acomodando para assistir a um filme policial na televisão.

Sven guarda o celular e vai ao banheiro. "Por que esse tipo de coisa acontece comigo?", pergunta-se enquanto na cabina ao lado alguém parece estar enfrentando uma lenta digestão. Decide fazer algo razoável depois do expediente. "A semana vai passar rápido de novo", pressente. Um compromisso sucedendo o outro. Por isso, Sven toma a firme resolução de finalmente voltar para seu curso de tai chi no mesmo dia.

Pensar nisso o mantém desperto pelo resto da jornada. Contudo, Sven sente certo medo, pois teme ver apenas caras estranhas no clube depois de tanto tempo. Será que seu colega David ainda vai lá? Algumas vezes saiu para comer com os professores da universidade. Porém, nos últimos tempos, não ligou mais nem para David.

Sven se sente bem mais aliviado quando seu colega se dirige a ele à noite e lhe pergunta como ele está, como se nada tivesse acontecido.

É justamente isto que gosta em David: seu jeito tranquilo e descomplicado. É descontraído, de maneira espontânea, pois faz parte de sua natureza. Além disso, tem um senso de humor extremamente aguçado, de modo que Sven não hesita em convidá-lo para comer alguma coisa depois do treino. Decidem desfrutar de um bom prato de *sushi* e pôr as novidades em dia.

No começo, Sven não se sente muito à vontade. Afinal, não tem nenhum ato heroico para contar. Nem sequer iniciou o tão alardeado treino para a maratona, para após quatro anos tentar novamente atingir seu objetivo em menos de quatro horas. Ao contrário, não restam dúvidas de que, desde o Natal, Sven perdeu a boa forma e ainda por cima ganhou peso. Foi pouco, pois suas roupas ainda lhe servem, mas o suficiente para já não se sentir tão bem com seu corpo.

À medida que a conversa avança, vai se mostrando mais aberto. As novidades de David realmente lhe interessam, e ele o encoraja a falar primeiro.

– Sven, estou completamente apaixonado! – lança David, logo depois de pedirem seus *makis*.

Sven suspira e se prepara para o que vem pela frente. Na verdade, detesta histórias sobre como casais apaixonados se conheceram. Mas desta vez está ansioso para saber como David, o macho solitário, conseguiu abrir mão de sua independência em relação às mulheres.

– Ela é maravilhosa. Nunca pensei que pudesse pescar um peixão desses! – diz David com orgulho, como se falasse de um lúcio enorme, que tivesse tirado de um mar revolto, pondo em risco a própria vida.

– Eu também não – admite Sven, deixando seu amigo desconcertado com essa repentina observação. – Bem, quero dizer, eu também não poderia me imaginar tão apaixonado – corrige-se em seguida.

David concorda, compreensivo. Em seguida, inicia um longo monólogo, nada típico dele, sobre mulheres e homens. Diz que todo homem é capaz de se apaixonar, até o lobo mais solitário. Expõe seus argumentos com um brilho no olhar e um entusiasmo tão autêntico que Sven não consegue rir nem contrapor nenhuma ideia inteligente.

A não ser o fato de que toda paixão, em algum momento, diminui. Mas David se nega a ouvir algo do gênero. Ignora essa observação com superioridade, como se não valesse a pena entrar no mérito. Em vez disso, descreve seu relacionamento em detalhes. Já faz dois meses que está com sua adorada e *sexy* Stine, que ele deseja mais a cada dia.

– O desejo... – diz Sven a si mesmo, embora prefira não pensar nisso. – Sim, eu me lembro. Sei mais ou menos como é... "– Fazer amor": era assim que Fiona sempre dizia. Era maravilhoso, mas ele empurrou esse aspecto para o canto mais remoto da sua memória.

– É, pelo visto sua vida amorosa também anda bastante emocionante – comenta David, de modo lacônico.

De repente, Sven se sente desconfortável e prefere ignorar essa observação irônica, mas David continua a olhar para ele com ar interrogativo.

– Bem – gagueja Sven –, as coisas andam meio paradas ultimamente.

David lhe lança um olhar de compaixão, que o atinge diretamente no estômago. Sven rapidamente completa:

– Mas há pouco tempo ganhei uma admiradora secreta. Uma espécie de perseguidora.

– Como assim? – pergunta David, achando graça.

– É que tenho recebido umas mensagens de uma desconhecida no meu celular.

– E o que essa desconhecida quer com você?

– É o que eu também gostaria de saber – responde Sven, e descreve toda a misteriosa história dos SMS. Contudo, ao narrar os fatos, distorce um pouco alguns detalhes, sugerindo que Mô é mulher e está interessada nele.

– Mas você não sabe quem é essa Mô? – pergunta David, tão empolgado que Sven tem dificuldade para sair do terreno escorregadio em que se encontra.

– Não, mas tenho algumas garotas em mente... – inventa Sven.

– Em todo caso, ela parece ter te conquistado – continua David, com mais uma indireta. – Por que não liga para ela e marca uma espécie de encontro às cegas? – Fica entusiasmada com sua própria sugestão e olha para Sven, como que para encorajá-lo.

– Humm, vamos ver. Na verdade, não gosto muito desses joguinhos tolos – declara Sven, tentando desviar a conversa novamente para Stine.

E acaba conseguindo: David fala tanto de seu quase insuportável golpe de sorte que, no caminho para casa, Sven ainda pensa muito a respeito. Conhecer um novo amor pela internet não lhe inspira confiança. Afinal, até agora, só engatou histórias superficiais através da rede, que ora terminavam com a frase "Eu te ligo!", ora com um sabor ruim no dia seguinte, em uma cama totalmente desconhecida. Duvida que seja possível encontrar um amor de outra forma que não pela via direta, olhando bem para uma pessoa e sentindo seu olhar.

"Será que deve mesmo ligar para essa Mô?", se pergunta enquanto pedala para casa. Talvez por trás do misterioso remetente se esconda de fato uma mulher, superpoderosa como a tal de Stine. Porém, mesmo que seja assim, certamente a conquista não seria nada fácil. Sven pensa em quão estreita deve ser a relação de Mô com o verdadeiro destinatário das mensagens. Caso ele nada saiba da sorte que tem, toda essa história teria apenas um lado.

Quando Sven para no semáforo vermelho, em Rödingsmarkt, olha para um anúncio iluminado de cerveja, que mostra um sujeito bem-humorado e elegante. O homem está sentado descontraidamente em um sofá, com as pernas sobre a mesa e uma *pilsen* gelada na mão. Acima dele, o *slogan*: "Só se vive uma vez!".

"É agora ou nunca!", pensa Sven. "Preciso encontrar uma cabine telefônica agora mesmo!" E se sente estranho por procurar algo do gênero. Afinal, tem consigo um telefone novo em folha, com o qual é possível não apenas fotografar e ouvir música, mas também – quem poderia imaginar? – ligar para esse maldito número...

Mas prefere permanecer no anonimato.

De repente, seu coração dispara, mas ele se convence de que isso se deve mais à velocidade com a qual se dirige a Reeperbahn do que à emoção iminente e totalmente injustificável. No próximo semáforo, pensa em passar no vermelho, mas acaba parando e começa a refletir. Por um lado, se pergunta se é correto ligar; por outro, por que está se preocupando tanto com isso. Decide que vai ligar para o número se no caminho para o bairro boêmio não for parado por nenhum semáforo. Se um deles estiver fechado, isso significará: "Pare! Mande um SMS e apague o número!".

Quando Sven entra na Reeperbahn, duas cabines telefônicas, uma ao lado da outra, logo aparecem à sua direita. Ele sorri e se pergunta se seu subconsciente já sabia que elas estariam ali. Aos poucos, começa a gostar de se divertir com esse novo joguinho. Desce da bicicleta e vasculha o bolso.

– Se eu tiver moedas, ligo! – diz a si mesmo em voz baixa e sorri para a senhora que está na cabine ao lado, olhando para ele um pouco admirada.

Deve ser mesmo estranho, pensa ele, ver um homem de aparência normal, com o fone de um orelhão em uma mão e um iPhone novinho em outra.

Hesitando, Sven olha mais uma vez ao redor, como se fosse chantagear alguém ao aparelho, com voz camuflada. Pensa em perguntar gentilmente sobre um tal de David. Isso mesmo, sobre seu amigo David. E Mô vai responder: "Aqui não tem nenhum David. Aqui vive o Ralf, o Egon, o Hugo ou seja lá quem for".

Obviamente, Sven espera que seja uma mulher a atender ou, pelo menos, um cara que diga seu nome completo, para que ele finalmente possa descobrir alguma coisa e talvez até obter mais material para seu romance policial. Em todo caso, quer avançar um pouco com suas "investigações".

Sven digita o número e aguarda com ansiedade enquanto o telefone chama. Após cinco toques, alguém responde. "Você ligou para 0172..."

– Droga! – reclama Sven. Caixa postal. Não tinha contado com isso, pelo menos não com uma mensagem eletrônica. Fica irritado. Não tanto com o fato de ter ouvido uma voz automática. Não, fica irritado mais consigo mesmo e decide dar essa questão por encerrada o mais rápido possível.

Clara

Satisfeita após um longo dia, Clara se aninha na coberta de Ben, que ainda não lavou, e digita um SMS em seu celular.

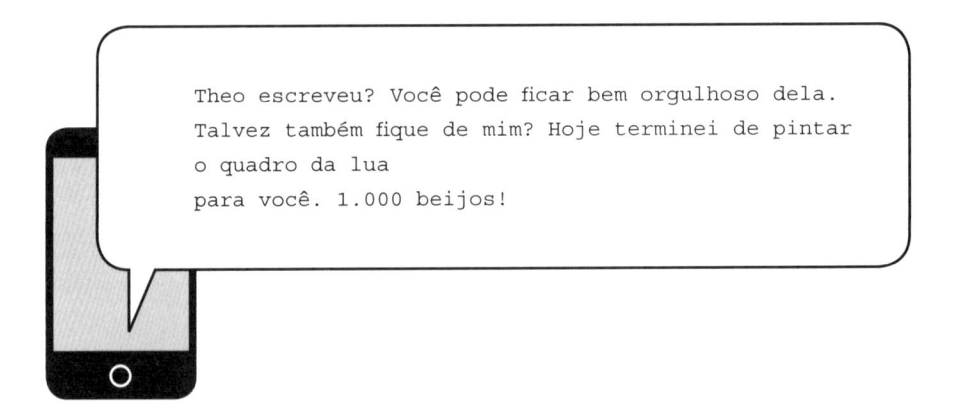

```
Theo escreveu? Você pode ficar bem orgulhoso dela.
Talvez também fique de mim? Hoje terminei de pintar
o quadro da lua
para você. 1.000 beijos!
```

Procura o número de Ben e clica em "enviar". Embora o dia anterior, com Dorothea, tenha sido muito agradável, a tela incompleta não a deixou em paz.

Após o encontro com a irmã de Ben, ainda quis trabalhar no quadro recém-iniciado, que deveria mostrar o lado oculto da lua.

Não imaginava que o terminaria nesse dia. Ansiosa, apressou-se no caminho do escritório para casa. Renunciou ao jantar e ignorou o telefone quando ele tocou. Mas então lhe ocorreu que poderia ser Katja, querendo contar alguma novidade sobre seu amante, e correu para o corredor. Entretanto, a caixa postal foi mais rápida. Quem ligou não deixou nenhuma mensagem, de modo que Clara tornou a pensar em um possível sinal de Ben. Com um sorriso, continuou a trabalhar em seu projeto.

Mergulhou em um maravilhoso estado de relaxamento que a absorveu por completo. Uma após a outra, as pinceladas se moviam praticamente sozinhas, como em êxtase, de modo que Clara perdeu totalmente a noção do tempo e se assustou ao ver que já passava da meia-noite, quando olhou para o relógio pela primeira vez.

Embora por enquanto se trate apenas de um quadro, enquanto pintava teve a ideia de fazer uma série completa sobre a lua.

"Seria bonito talvez um dia ter a oportunidade de expor minhas obras em algum lugar", pensou. "E quem sabe até poder ganhar algum dinheiro com elas?"

Com certeza Ben ficaria entusiasmado com esse sonho. Enquanto Clara olha fixamente para a escuridão, ela o vê nitidamente diante de si, sentado à mesa da cozinha, descontraído, com a perna apoiada no canto da mesa enquanto enrola um cigarro. "Ei, *baby*", diria ele, "ficou bom. Muito bom!" Depois, se levantaria de um salto, observaria mais uma vez o quadro de perto, como se fosse um especialista em arte com bom faro para os negócios e, por fim, convenceria Clara a dar esse passo decisivo em sua carreira.

Ben sempre se entusiasmava com tudo. Quando lhe ocorria uma ideia, por mais impraticável que fosse, ele adorava elaborá-la em detalhes. Desse modo, muitas conversas com ele terminavam em devaneios. Assim, um tema do cotidiano podia rapidamente se transformar em uma fantasia sem fronteiras, quer se tratasse da carreira meteórica que ele faria com sua banda, quer de uma volta ao mundo durante um mês, para a qual, no entanto, ele não dispunha de nenhum centavo.

Ao se lembrar de seu jeito inimitável, Clara fica com os olhos marejados. Nos últimos tempos, tem demorado mais para chorar quando pensa em Ben. Em compensação, é invadida por um forte sentimento de culpa, que não sabe direito como classificar. Embora a senhora Ferdinand já lhe tenha dito na primeira sessão que, mesmo não tendo uma justificativa, o sentimento de culpa é totalmente normal em pessoas que perderam um ente querido, Clara teme que, nesse caso, a situação seja diferente.

Talvez ela tenha pressionado muito Ben, ainda que de maneira inconsciente, com todos os seus desejos e ideias, e ele não quis decepcioná-la. Ela sempre lhe dava indiretas e, de certo modo, jogava na sua cara que estava mais do que na hora de ele terminar a faculdade se quisesse ter um trabalho decente. Obviamente, em primeiro lugar, desejava o melhor para ele, e isso incluía o sucesso profissional. Mas, nos últimos tempos, por trás disso se ocultava certa dose de egoísmo. Sonhava com um casamento perfeito, em ter ao seu lado um homem no qual pudesse confiar e que fosse capaz de sustentar a família sem nenhum problema, embora se assustasse ao se dar conta de quão conservador era esse desejo.

Às vezes Clara pensa que talvez Ben só a tivesse pedido em casamento para que ela finalmente parasse de importuná-lo com seus impulsos educativos. Por um bom tempo, isso até funcionou. Clara se sentiu nas nuvens depois que Ben pediu sua mão na véspera de Natal. Justamente quando sua mãe voltava com a sobremesa para a mesa de jantar, à qual estavam sentados Reinhard, companheiro dela, seus avós e eles dois, Ben se levantou, bateu a colher na taça de vinho tinto e pigarreou. Dez olhos cheios de expectativa se voltaram para ele. Nem mesmo quando ele pegou a caixinha de joias Clara se deu conta do que estava por vir. Porém, depois que Ben terminou suas palavras empoladas e se ajoelhou diante da cadeira de Clara, ela finalmente entendeu o que ele havia acabado de fazer. Com a frase clássica, ele lhe perguntou:

– Clara, quer se casar comigo?

Ainda antes que ela pudesse responder, sua mãe começou a dar gritos de alegria e a aplaudir. Lisbeth e os homens se uniram a ela e abraçaram os dois com força, quando Clara finalmente disse "Sim!".

Contudo, sua felicidade durou pouco, pois apenas poucas semanas depois ocorreu esse acidente, que Clara nunca saberia se foi mesmo um acidente ou não.

Clara fita o vazio, gira seu anel no dedo e apaga a luz. Mas não está totalmente escuro. Deve haver lua cheia, por isso a noite está clara. Sob essa luz prateada, ela consegue reconhecer nitidamente os traços sorridentes de Ben na foto que hoje colocou ao seu lado. Como se ele incentivasse sua pequena grande artista a realizar seu projeto de quadros da lua.

Sven

Perdido em pensamentos, Sven fita a proteção de tela do seu monitor. Logo pela manhã, antes de Hilke chegar ao escritório, ligou para o serviço de atendimento ao cliente da empresa de telefonia e fingiu que estava realizando uma pesquisa como redator de economia. Falou com voz autoconfiante e enérgica, de modo que o rapaz do outro lado da linha lhe forneceu as informações com credibilidade e gentileza. Segundo ele, seria tecnicamente impossível que mensagens chegassem ao mesmo tempo a dois destinatários diferentes. Um engano entre clientes também seria muito improvável, pois um número de celular só é desbloqueado seis meses após o fim do contrato.

No entanto, Sven fica irritado porque não consegue descobrir o nome do cliente de onde vêm todas as mensagens. Ou seja, não se abrem exceções nem mesmo para jornalistas. A discrição com os dados pessoais dos clientes deve ser absolutamente preservada.

– Por que o senhor não liga para o número e pergunta o nome? – quis saber o funcionário sabichão.

Sven tentou desconversar com uma desculpa estranha. Sentiu-se flagrado como um adolescente que espia pelo buraco da fechadura. Sem demora, agradeceu gentilmente e desligou.

– Bom e maravilhoso dia! Alguma novidade de Mô? – pergunta Hilke, precipitando-se na sala com uma xícara de café na mão.

Ela parece não se aguentar de curiosidade e quer ser informada de imediato, tão logo chegue uma nova mensagem. Mas Sven não lhe dá nenhuma informação, apenas sorri para sua colega e responde a seu cumprimento:

– Bom dia, prezadíssima colega!

Hilke o fita, confusa, e tamborila com impaciência no tampo da mesa.

– O que foi? – pergunta Sven, se fazendo de inocente.

– Nada.

– Então, está bem. – Sven continua a sorrir.

Após fingir por alguns segundos que está concentrada no *post-it* que Breiding deixou em seu computador, Hilke não consegue mais se segurar:

– Conte logo de uma vez! Será possível que sempre tenho de arrancar as coisas de você com saca-rolha?

– Mas não tenho nada a esconder! – afirma Sven, cheio de si, desfrutando de sua confortável posição inicial nessa discussão matutina.

– Se não me disser agora mesmo o que Mô te escreveu no fim de semana, nunca mais saio para almoçar com você! – declara Hilke, como se tivesse jogado uma excelente cartada.

– Por mim, tudo bem – responde Sven, e no mesmo instante é atingido por um pacote de lenços de papel.

– Você não vale nada mesmo, hein! Enfie essas suas histórias idiotas de SMS onde bem quiser! – resmunga Hilke.

Sven se cala e saboreia seu triunfo.

Após alguns minutos de trégua, vem o próximo ataque.

– O que preciso fazer para você soltar suas informações secretas, prezada estrela do jornalismo?

– Pegue – diz Sven em tom conciliador, empurrando seu iPhone para a colega. Para você me deixar em paz de uma vez por todas!

Satisfeita, Hilke pega o celular e vasculha com surpreendente rapidez a caixa de entrada de Sven.

Sven tenta dissimular seu nervosismo, mas fica inquieto por ser justamente uma mulher a mexer em seus segredos mais íntimos do momento.

Hilke lê em voz alta:

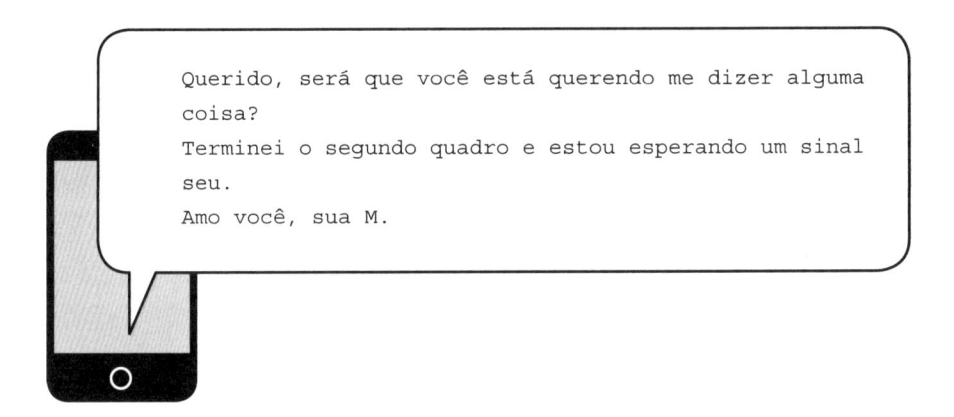

> Querido, será que você está querendo me dizer alguma coisa?
> Terminei o segundo quadro e estou esperando um sinal seu.
> Amo você, sua M.

– Eu sabia! *Noname* é mesmo Mô. E Mô pinta... Que fofo! Ah, e esse SMS é bastante revelador: *Theo escreveu? Você pode ficar bem orgulhoso dela...* Então, Theo não é um homem. Interessante! – comenta Hilke sobre suas investigações. – A Mô é tão romântica! Isso só poderia vir de uma mulher.

O coração de Sven para. Pelo menos por um instante, é assim que ele se sente. Nele também cresce a suspeita de que, por trás de Mô, realmente se esconde uma mulher – uma mulher que o comove com suas palavras de um modo estranho. Mas não pôde confessar isso a Hilke de jeito nenhum, quer isso seja romantismo ou não.

– Sabe de uma coisa? Tudo isso já está me dando nos nervos. Vou escrever agora mesmo uma mensagem para essa pessoa parar de me incomodar de uma vez por todas.

– Não! – grita Hilke. – Assim você nunca mais vai ter notícias dela.

Sven olha torto para sua colega.

– Quem é que sabe? – diz Hilke após uma hábil pausa dramática. – Talvez ela seja a mulher dos seus sonhos! – E esboça um largo sorriso.

O coração de Sven volta a bater. Primeiro David, com suas observações, o induz a pensar que suas fantasias com Mô são perda de tempo, e agora Hilke não para de importuná-lo no trabalho.

– Sim, claro, e viverão felizes para sempre. Assim, Hilke, que acredita em um mundo cor-de-rosa, terá vencido novamente. – Sven revira os olhos.

– Tudo bem, e daí? Que mal há nisso? Para quem não está interessado em Mô, você parece emocionalmente envolvido no assunto – constata Hilke.

Sven se sente encurralado e suspira alto. No entanto, se reagir de maneira muito rude, Hilke vai imaginar que acertou na mosca. Ele pensa rapidamente e responde, quase com orgulho:

– Bom, se você quer mesmo saber, até liguei para esse número na sexta-feira, para deixar claro que essa história está me dando nos nervos.

– O quê? Jura? – pergunta Hilke, perplexa, e logo acrescenta: – E então?

– E então, nada. Ninguém atendeu.

– Mas não caiu na caixa de mensagem?

– Sim, caiu.

– Ai, Svenni, assim você me deixa louca! Diga de uma vez!

– Só se você parar de me chamar de Svenni!

– Vamos! Quem é ela? Como se chama?

– Não faço ideia.

– Como não faz ideia?

– Era uma mensagem eletrônica.

– E então?

– E então o quê?

– E então? Você não deixou uma mensagem?

– Não.

– Por que não?

– Porque não.

– Nem chegou a tentar de novo?

Sven revira novamente os olhos.

– Tente você! – desafia Hilfe, e no mesmo instante morde o lábio. Por que disse isso?

– Com o maior prazer – alegra-se Hilke. Mal parece acreditar em sua sorte.

– Espere! Não do meu celular.

– Não se preocupe. Ligo do meu.

No mesmo instante, pega o telefone e digita o número. Sven, que não consegue assistir à cena, balança a cabeça, pega uma pasta com documentos e diz ao sair:

– Que bom que tenho uma reunião agora!

Mal sai pela porta e dá alguns passos no corredor, se lembra de que não pegou a caneta. Para e reflete se deve voltar à sua sala, mas hesita, pois Hilke poderia pensar que é um pretexto para matar sua curiosidade e usar isso contra ele. É claro que está interessado em saber se ela conseguiu falar com Mô e, sobretudo, como Mô reagiu. Volta lentamente para a sala, mas para junto da porta fechada. Olha ao redor para ter certeza de que ninguém o vê e se esforça para entender o que Hilke está dizendo.

Infelizmente, só consegue ouvir pedaços isolados de frases:

– É... Desculpe... não anotei direito... Ah, obrigada... Sim, igualmente...

O coração de Sven dispara. Tem a impressão de que enlouqueceu e gostaria de entrar no mesmo instante no escritório. Mas agora tem mesmo de ir à sala de reuniões. Repreende-se e se apressa na direção da escada. Balança a cabeça várias vezes, não apenas por causa de sua colega curiosa. Não, sobretudo por causa de si mesmo e de seu comportamento idiota.

Quando ele finalmente volta para sua mesa, Hilke saboreia seu triunfo. Depois de se fazer de rogada por alguns minutos, finalmente lhe conta as últimas notícias: Mô é mesmo uma mulher e, ainda por cima, tem uma voz muito simpática e calorosa.

– Em todo caso, conversei um pouco com ela e fingi que estava querendo falar com um tal de Sven Breiding – declara, toda orgulhosa.

Pelo visto, no último instante não lhe ocorreu nada mais original do que essa combinação entre o nome do colega e o do chefe, pensa Sven. E embora a conversa tenha durado apenas alguns segundos, Hilke lhe apresenta um perfil completo da personalidade dessa Mô.

– Seja como for, ela é jovem. Mas não demais! Calculo uns 30 anos. Parece culta e do norte da Alemanha. Pelo menos não fala dialeto nem de modo estranho... Ao contrário: Svenni, você tinha de ouvi-la... Tem uma voz nítida, com um tom melancólico e um modo bem cuidado de se expressar... Sim, quase elegante!

Quando Hilke ainda acrescenta sensualidade e erotismo à voz desconhecida do telefone, que teria reagido de maneira extremamente educada à ligação por engano, Sven acha demais. Despede-se balançando a cabeça e vai almoçar.

Porém, enquanto passeia ao longo do rio Elba, não consegue evitar e se dirige a uma cabine telefônica. Mesmo se sentindo ridículo, quer saber de todo modo se Hilke acertou minimamente em suas interpretações.

Mas o que ele vai dizer quando Mô atender? Deveria engatar uma conversa de vendedor? Poderia se passar pelo funcionário de um *call center*. Talvez animá-la a jogar em uma espécie de loteria? Quem sabe ela até lhe passasse seus dados se ele apresentasse o assunto com seriedade suficiente. Pelos menos assim ele saberia exatamente com quem está lidando.

Sven entra em uma cabine telefônica, digita o número e espera com ansiedade pelo sinal. Pigarreia várias vezes, mas quando uma voz realmente simpática atende do outro lado da linha, o pânico o paralisa.

– Sim?

Ao contrário do que havia planejado, de repente Sven se vê impossibilitado de emitir qualquer som.

Após uma breve pausa, a voz pergunta:

– Alô? – E, após alguns segundos, novamente: – Alô? – E acrescenta: – Quem é?

Mas Sven não consegue reagir. Está prestes a desligar, como um adolescente, quando Mô pergunta em voz baixa e com hesitação:

– Ben? É você?

Sven se assusta e põe rapidamente o telefone no gancho.

Passa o restante do dia tentando pôr seus pensamentos em ordem. Volta e meia se pergunta por que se ocupa tanto dessa desconhecida. E como não encontra nenhuma resposta satisfatória, decide se aprofundar ainda mais no assunto.

Começa a digitar as inúmeras mensagens de Mô em um arquivo do Word e a destacar todos os fatos que delas podem ser deduzidos. Em seguida, imprime três páginas em tamanho A4 e as coloca no bolso. Para analisá-las, precisa de tranquilidade.

Vai para casa de bicicleta, abre uma garrafa de cerveja, põe para tocar o disco do Pink Floyd, que ainda está na vitrola e se senta no sofá com os pés em cima da mesa.

"Bom, o que sei exatamente sobre essa mulher?", reflete. "Sei que atualmente não tem nenhum motivo para rir, mas tem senso de romantismo. Além disso, ama muito seu avô. Pinta quadros da lua e gosta de dançar."

Mais uma vez, Sven lê a mensagem que havia chegado na semana anterior, tarde da noite:

> Quero dançar agora, dançar, dançar. Não quer vir dançar comigo? Quero ver você de novo, ouvir você, sentir seu cheiro e seu gosto. Mais do que qualquer coisa, quero sentir você.

Sven reflete se essa mulher desperta seu interesse, embora saiba muito pouco sobre ela, ou justamente por isso. Essa história o convida a viajar com a imaginação na vida de uma desconhecida, cujo amor parece estranhamente não correspondido, mas, mesmo assim, cheio de esperança. Os profundos sentimentos dela causam uma forte impressão em Sven. No entanto, de certo modo, ele se sente afetado por essa melancolia, que sem dúvida ressoa em todas as mensagens. Pergunta-se se Mô seria algo como um sinal do destino para ele corrigir sua atitude em relação às mulheres.

No início do relacionamento com Fiona, eles também trocavam muitas mensagens por SMS ou *e-mail*. Só com o passar dos meses é que esse hábito deixou de existir, sobretudo porque Sven já não sabia o que dizer a ela. Na maioria das vezes, falavam tudo por telefone ou quando se encontravam, de modo que qualquer comunicação nos intervalos parecia mais incômoda do que conveniente.

Sven ainda tem a voz de Mô nos ouvidos. Embora ela tenha dito poucas palavras, ele tem certeza de que uma declaração como "amo você", pronunciada por ela, soaria bem diferente do que se fosse dita por Fiona. Diferente da lembrança que ele tem dessa frase batida.

Sven toma outro gole e desliga o aparelho, que já está há bastante tempo em silêncio. Tem uma sensação ruim e não sabe direito por quê. Será que se sente sozinho? Até esse momento, nunca se perguntou isso.

Ao reler suas mensagens, Sven nota que o tom de Mô nos últimos dias é claramente menos marcado pela tristeza e pela saudade. Nesse meio-tempo, também descobriu que ela trabalha com algo relacionado à publicidade e, embora seja bem-sucedida, não parece muito feliz. Além disso, em seu mundo vivem uma Clara, uma Katja, uma Karin, um Knut, uma Theo, um Carsten, uma avó e um avô. Tudo gira em torno de perguntas e especulações profundas. Mô parece sentir falta do homem que ama, mas não pode ter. Talvez ele trabalhe em uma plataforma petrolífera no Mar do Norte, especula Sven, ou realize uma viagem de pesquisa no Polo Norte; afinal, nas mensagens, Mô costuma usar a expressão "lá em cima".

Mas talvez o destinatário simplesmente não exista. Pode estar morto, em coma ou é uma espécie de figura imaginária. Algo como um homem dos sonhos, que Mô criou para fugir de seu triste cotidiano, que parece ser feito apenas de clientes irritantes, campanhas sem sentido, colegas problemáticos e excessivas horas extras. Quanto ao número de telefone, ela simplesmente o inventou. Talvez espere viver uma aventura emocionante, como uma criança que, cheia de ansiedade e expectativa, lança no mar uma mensagem dentro de uma garrafa.

Entretanto, Mô não parece ser ingênua nem adolescente. Sua linguagem é de um adulto, embora às vezes um tanto presunçosa. Seja como for, ela dá a impressão de ser alguém com muitas facetas, que se contradizem em parte. Por um lado, Mô é muito determinada, ambiciosa e tem os pés no chão. Por outro, Sven acredita reconhecer nela uma mulher cheia de melancolia, romantismo e com uma delicadeza muito especial.

"Como será sua aparência?", se pergunta, tomando um bom gole de cerveja. Gostaria que tivesse peitos grandes, pernas compridas e cabelos castanhos, longos e ondulados. Parecida com Fiona.

Mas suspeita que Mô seja mais magra e tenha traços delicados, nos quais se podem ler muitas coisas. Parece ser de natureza mais insegura, do tipo que não tem autoconfiança para tomar as rédeas da própria vida. Essas características combinariam mais com uma pessoa baixinha, discreta, talvez um pouco menos atraente, por quem ele certamente passaria na rua sem notar. Porém, se por acaso começassem a conversar, sem dúvida sua discrição poderia ser compensada por sua sensibilidade e sua inteligência.

Sven não pôde evitar de sorrir ao imaginar que, desse modo, ele também está criando uma mulher dos sonhos, que em sua fantasia se aproxima dele mais do que qualquer aventura amorosa de verdade que ele se permitiria ter no momento. Afinal de contas, Mô não incomoda nem faz exigências. Proporciona uma conversa interessante com seus SMS. Além do mais, sua voz é real. Então, ela existe de fato.

Sven só precisa encontrá-la.

Clara

Amuada, Clara está junto da janela da cozinha, olhando para o Fiat 500 novo em folha de Katja.

– No final de semana, vamos fazer um *test drive* até Hamburgo. Mas só se você se arrumar direito – tinha ameaçado a amiga.

Pelo menos aquela manhã de sábado havia começado de maneira muito promissora. Clara finalmente deu uma olhada nas lojas do belo centro histórico de Lüneburg e se divertiu para valer gastando dinheiro. Dois *jeans*, uma blusa elegante e um par de sapatos de verão com desconto, mas, mesmo assim, muito caros, que pareciam finos e não tinham muito a ver com seu estilo.

Inicialmente, Clara ficou ansiosa para usar suas roupas novas em um lugar refinado. Mas agora preferia ficar em casa, beber um vinho, ouvir uma boa música e continuar a trabalhar em seus quadros.

Contudo, se der outro cano em Katja, com certeza vai acabar tendo de arranjar outra melhor amiga. Embora na última semana Katja tenha sofrido muito por causa de seu relacionamento, Clara não conseguiu fazer muito por ela. Todas as tentativas de ajudá-la a esquecer o tal Robert com idas a algum bar ou cinema fracassaram porque Clara não estava a fim de se misturar à multidão. A tristeza deixa as pessoas egoístas. Mesmo assim, Clara não se cansa de encorajar Katja. Afinal, Robert realmente se separou da mulher, pelo menos segundo o que ele disse. No entanto, Katja não lhe concedeu mais do que dois encontros e, por fim, preferiu comprar um carro novo.

– Me sinto tão viva! – diz Katja, animada, quando Clara finalmente entra no automóvel azul-claro. – Você também deveria se permitir algo bem chique de vez em quando.

– Já me permiti – responde Clara, orgulhosa, e ergue o pé direito para que Katja possa admirar seus sapatos novos.

– Nossa! Novos? – pergunta Katja.

– Em folha. Depois de anos-luz, finalmente voltei a fazer umas boas compras.

– Isso é um ótimo sinal, querida. E já estava mais do que na hora de nos divertirmos juntas. Você vai ver, vai ser uma noite sensacional!

– Quais são seus planos?

– Nada em particular – murmura Katja com uma casualidade tão exagerada que Clara logo fica desconfiada.

– Diga logo, vai! Você tramou alguma coisa. Vamos para o bairro boêmio para ver um *stripper*, é isso? – pergunta Clara, antecipando o que de pior poderia acontecer em uma noite de sábado.

Mas Katja apenas sorri, o que deixa Clara ainda mais desconfiada.

– Por que estou com a sensação de que hoje vou ter de fazer uma coisa que nunca fiz?

– Bom, porque essa é a primeira vez na sua vida em que você vai dirigir este carro maravilhoso depois que enchermos o tanque.

Clara sorri de volta e se alegra com a ideia do *test drive*. No entanto, há mais alguma coisa no ar. Algo que a incomoda bastante.

Embora Clara não goste de desperdiçar domingos ensolarados, não conseguiu fazer nada de útil até à tarde. Como em transe, está sentada à mesa em sua pequena sacada, folheando sem muito entusiasmo uma revista, cujo conteúdo não lhe interessa nem um pouco.

Não para de pensar na noite anterior. Como Katja pôde ter feito uma coisa dessas com ela? Sem dúvida teve boa intenção. Mas o momento não foi nada adequado. Para Clara, veio com três anos de antecedência.

Até esse fim de semana, nem sequer havia pensado seriamente em encontrar outros homens, menos ainda em começar um novo relacionamento. Só de imaginar beijar lábios estranhos, ficar nos braços de outro homem ou sentir o cheiro de um corpo diferente lhe dá calafrios. Mesmo sabendo muito bem, por experiência própria, que toda dor de amor, por pior que seja, cedo ou tarde acaba passando, não consegue imaginar que um dia será capaz de amar outra pessoa além de Ben.

E então Katja lhe apresenta não apenas um cara, mais oito de uma só vez!

Quando entrou no restaurante em Binnenalster ao lado de Katja e foi empurrada pela amiga para uma sala separada, na qual já estavam sentados cinco homens e três mulheres, Clara ainda não imaginava qual era a verdadeira razão do passeio. Só começou a entender quando viu o formulário com o título "Speed Dating 8x8x8", que o moderador lhes entregou para preencher. Nunca poderia imaginar que Katja a faria participar de um evento como esse sem que ela soubesse, pois até então nunca havia pensado em se expor dessa forma.

Obviamente, Katja achou a ideia maravilhosa e sempre piscava sorrindo para ela quando os homens mudavam de mesa após oito minutos de conversa tímida e extremamente superficial.

Verdade seja dita: Clara até que gostou um pouco dos elogios simpáticos que recebeu de um e outro, mas depois ficou com a consciência pesada. E quando voltou para casa, nem sequer teve condições de enviar outro SMS para Ben. Simplesmente não sabia como confessar-lhe que tinha participado de um encontro para conhecer outros homens. Por outro lado, nem de longe os candidatos lhe pareceram tão atraentes e irresistíveis como ele. Com exceção do simpático moderador Andreas, que sempre espalhava seu bom humor e usava uma aliança bastante chamativa, todos os sujeitos ali eram patéticos solteiros de longa data, que escondiam seu desespero atrás de perguntas nervosas e gestos supostamente autoconfiantes.

Não há dúvida de que Katja e ela se divertiram muito, mas só depois de terminado esse evento questionável, quando puderam comentar a exibição dos candidatos e candidatas. Por exemplo, Dieter, de 46 anos e aperto de mão suado. Fez a Katja e a Clara exatamente as mesmas perguntas, como se as tivesse formulado antes, por escrito, e decorado. E Florian, de cerca de 25 anos e bastante atraente, mas que infelizmente cuspia ao falar. Já Volker mal abriu a boca e quase não tirou os olhos do seu decote.

Desde o início, Clara recusou todo potencial encontro e tampouco quis dar seu endereço de *e-mail*. Não via nenhum sentido em se encontrar com um homem, pois já sabia que passaria a noite inteira fazendo de tudo para não falar dos assuntos que a ocupavam no momento. Como não quis fingir interesse, disse a todos os candidatos que só estava ali para fazer um favor um tanto duvidoso à amiga que estava na mesa da frente.

Clara temia que, no fundo, Katja ficasse decepcionada com o fraco resultado da noite. Mas Katja não seria Katja se não transformasse um revés em vitória. Por isso, não demorou para pôr os olhos em Andreas. Clara teve de admitir que ele era mesmo muito atraente, autoconfiante e explicou as regras do jogo com um humor enigmático, tornando aquele encontro um evento de alto nível. Por fim, Katja perguntou a ele se poderia incluí-lo na lista dos homens aos quais daria seu número de telefone. Ele apenas sorriu e disse de maneira ambígua:

– Bom, você já tem meu telefone...

Katja interpretou a resposta como um inequívoco convite para entrar em ação.

Clara tem certeza de que, nas próximas semanas, sua amiga armará um circo enorme por causa desse sujeito. Afinal, segundo Katja, estão em seu melhor momento; por isso, também deveriam procurar o melhor, sem se importarem com o passado nem com o presente.

Clara não pôde deixar de sorrir ao imaginar quanta energia sua amiga completamente maluca investiu para trazê-la de volta à vida de todas as maneiras possíveis. Por isso gosta tanto dela. Também pelo fato de ela suportar sua passividade e seus temores. E por ela ter sempre centenas de ideias para diverti-la e distraí-la.

Contudo, Katja vai ter de aceitar o fato de que elas nunca mais terão conversas tão tolas sobre homens e relacionamentos. Como vão conseguir fazê-lo com a mesma leveza e alegria de antes, se Clara tem uma dúvida permanente, como se um homenzinho lhe sussurrasse ao pé do ouvido: "Nada é como parece", "tenha sempre um pé atrás" ou "será que você merece essa sorte?".

Clara simplesmente deixou de gostar de si mesma. Às vezes gostaria que alguém gritasse bem na sua cara que ela deveria parar de sentir autocompaixão e de idealizar Ben. Em vez disso, tanto seus avós quanto seus amigos, seus colegas e, naturalmente, sua mãe sempre tentam encorajá-la. Ela quer se livrar desse estigma, que qualquer um pode reconhecer a dez metros de distância e parece ter associado a ela algo sinistro e funesto.

Clara continua a folhear a revista sem vontade, até que de repente um anúncio chama sua atenção; algo que ela já havia notado na noite anterior em um *outdoor* no caminho para o centro de Hamburgo. Embora do ponto de vista gráfico não seja grande coisa, a mensagem faz Clara sorrir. Um homem elegante está sentado descontraidamente em seu sofá, desfrutando de uma cerveja. Acima dele, o *slogan*: "Só se vive uma vez!".

Tal como no dia anterior, Clara logo pensa que Ben também teve apenas uma vida. Embora tenha sido curta, ele tentou aproveitá-la mais do que qualquer outra pessoa que ela conhece.

E ela? Será que sua vida terminou com a dele? Clara se endireita. Não pode ser. Pouco importam as circunstâncias que levaram Ben à morte; ele não ia querer que Clara permanecesse infeliz por causa dele. E mesmo que por algum motivo ele o quisesse, Clara tinha todo o direito de aproveitar a vida da melhor forma.

Aos poucos, uma espécie de raiva germina dentro dela. Raiva da vida, do seu destino e às vezes até de Ben. Seria bom se um dia ela encontrasse alguém capaz de lidar com a vida dela sem constrangimento, alguém que visse apenas ela e não se assustasse com sua história.

Clara vai à cozinha buscar algo para beber. Seu olhar depara com o cartão da entrega de pizza em domicílio, preso à porta da geladeira com um ímã. Sem querer, engole em seco: quase todo domingo à noite, Ben pedia o jantar para os dois nessa pizzaria. De repente, Clara sente uma grande vontade de comer uma bela pizza de calabresa bem gordurosa, salgada e com bastante queijo.

Pega o telefone, faz o pedido e estremece quando a pessoa do outro lado da linha pergunta se o endereço e o número da conta ainda eram os mesmos e se a entrega seria para "Runge, Benjamin Runge".

– Não! – responde Clara, em um tom que soa assustadoramente grosseiro – Pode apagar o Runge, mas o endereço é o mesmo, e a entrega é para Sommerfeld.

Ao desligar, pensa rapidamente se deve se render ao impulso que provoca um nó em sua garganta, mas não quer chorar outra vez. Não quer contabilizar o fim de semana como uma derrota, mas fazer de tudo para que seja lembrado como um progresso. Por isso, volta para a sacada, que já está escura, e tenta se alegrar com a primeira pizza depois de quase meio ano.

Sven

As "investigações" sobre o caso Mô não estão absolutamente encerradas para Sven, mas ele teve de deixá-las em segundo plano nos últimos dias devido a uma dura semana de trabalho. Nesse meio-tempo, Sven se pergunta se essa obsessão tola pelo mundo que imagina com Mô não serviria como uma espécie de álibi para ele não ter de entrar em ação de outro modo. Como a pressão do tempo e os compromissos o prendem à rotina, ele sente que está mais do que na hora de entrar em férias. Aliás, nos últimos tempos, sua vida lhe parece um espartilho.

Apesar disso, ama seu trabalho! Gosta de escrever e, no fundo, até da correria. Também se sente bem em seu apartamento. Para sua surpresa, até mesmo o último encontro com seu pai foi tranquilo e agradável, tanto que Sven ficou com a sensação de que aos poucos vai se aproximar dele de novo.

Sven vai até a geladeira para preparar um saboroso jantar e, assim, afastar qualquer possibilidade de ser atacado pelas elucubrações que o ameaçam. No entanto, como não encontra pizza congelada nem cerveja, tampouco qualquer outra coisa comestível que lhe apeteça, decide voltar para a rua.

Pega uma sacola grande para nela colocar tudo o que não vai mais comer. A bisnaga de polpa de tomate está com uma crosta repugnante na borda superior. Além disso, já venceu há mais de um ano, como Sven constata com surpresa. Também é bom dar uma olhada nos dois potes de geleia. Pelo que se lembra, foram dados pela mãe da Fiona. Ele não gosta de geleia e menos ainda desse molho horrível que Fiona adora e que agora certamente já deve ter produzido algumas colônias coloridas de fungos.

"Está mais do que na hora de minha ex-namorada desaparecer de uma vez por todas da minha vida", pensa. "E hoje é um bom dia para isso!"

Animado, pega a sacola já quase cheia e deixa o olhar vagar pelo *loft*, para eliminar toda pequena lembrança que encontrar. Seja como for, não são muitas: um cartão-postal tolo na porta da geladeira; uma fruteira da qual nunca gostou; sais de banho que só servem para juntar poeira; algumas roupas; dois pares de sapatos; um pão de mel cafona da catedral de Hamburgo, em formato de coração, e algumas fotos soltas em uma gaveta. Essas ele quer guardar. Mas enfia todo o restante na sacola sem o menor remorso.

Em seguida, pega a carteira, a chave e o celular e sai. Primeiro se dirige ao contêiner de lixo, depois à seção de gastronomia no supermercado e, por fim, à videoteca.

Clara

O caminho desde a entrada do cemitério até o túmulo de Ben parece infinitamente longo. Clara se sente muito incomodada e não sabe direito se é porque, no fundo, odeia chegar tão perto do corpo morto de Ben ou porque sua mãe fez questão de acompanhá-la.

– Quantas vezes veio aqui? – pergunta Karin, em tom suave e reservado. Mesmo assim, Clara se sente de novo na defensiva. Tem a consciência pesada, pois nas últimas semanas raras vezes teve coragem de ir ao cemitério.

– É difícil para mim. Acho aqui meio sinistro.

– É perfeitamente normal. – Sua mãe hesita, mas dá o braço a Clara e completa com cautela: – Seu medo significa que você ainda tem um longo percurso para elaborá-lo.

– Sim, sim. Eu sei – responde Clara, tendo de se controlar para não ser grosseira com a mãe.

– Mas você sabe que pode sempre contar comigo, querida. Há tantas possibilidades para aliviar um pouco sua dor. O mais importante é deixá-la sair! – continua Karin, sem que alguém tenha perguntado algo a ela.

– Sei disso. Mas não vai melhorar se você voltar sempre a esse assunto. – Clara tenta permanecer calma, embora internamente já tenha explodido.

– Só quero ajudar você. Que espécie de mãe eu seria se não compartilhasse minhas valiosas experiências em relação ao luto?

Clara balança a cabeça e prefere se calar. Seria melhor se estivesse sozinha. Sozinha e bem longe dali.

A ideia de ir embora nunca sai da sua cabeça. Jogar tudo para o alto, sair correndo e recomeçar do zero em algum lugar. Com certeza sua mãe interpretaria essa ideia como uma fuga da dolorosa realidade. Com palavras patéticas, tentaria convencê-la a fazer uma terapia holística e finalmente se unir às energias do universo. Tiraria da cartola todos os seus magníficos livros de autoajuda e listaria os inúmeros endereços de especialistas nos quais poderia confiar plenamente para reencontrar a si mesma e sua força interior.

Nessas conversas, Clara gostaria de gritar para a mãe que talvez nunca tenha tido essa força interior e que as razões para tanto certamente também estariam em sua infância. Na época, Clara se sentiu completamente sozinha no luto por seu pai. Quase nunca via a mãe chorar por ele. E agora que só quer um pouco de paz, Karin se acha no direito de olhar em seu íntimo e espalhar mais sal em sua ferida.

– São lindas! – exclama a mãe ao ver o ramalhete de gérberas e rosas brancas, colocados à esquerda da lápide. – Mas não são suas, não é?

Mais uma vez, Clara sente um calafrio. Primeiro, quer negar obstinadamente, mas depois diz:

– Com certeza são de Dorothea ou da mãe dela.

De repente, Karin tira uma estatueta de cristal da bolsa. Somente quando Clara observa com mais atenção é que reconhece um anjo.

– O que vai fazer com isso? – pergunta, surpresa.

– Olhe bem para ele! – Karin aponta para o rosto da estatueta. – O anjo está cantando e parece tão alegre! Encontrei naquela loja bonita da Schröderstraße e logo pensei em Ben.

Clara olha para a mãe com desconfiança. Mas Karin apenas sorri.

– Se você não tiver nada contra, vou deixá-lo aqui – diz, por fim, e coloca a estatueta à direita da lápide, dando um passo para trás.

– Para o papai você nunca colocou nada no túmulo... – Clara deixa escapar.

Sua mãe olha para ela com expressão perturbada.

– Mas por muito tempo deixei um lugar reservado para as coisas dele na cômoda do quarto.

Clara sente uma pontada. Além da foto em sua mesinha de cabeceira, ela não dedicou um espaço de verdade a Ben nem às suas lembranças.

Sua mãe coloca gentilmente o braço sobre seu ombro. Após observarem em silêncio a inscrição na lápide por um instante, Karin diz em voz baixa:

– Sabe, eu também gostava dele. Ben realmente conquistou meu coração. Você não está sozinha em sua dor.

Clara não sabe o que dizer. Tem de engolir em seco, mas não deixa que a mãe perceba.

Somente tarde da noite, depois de relaxarem na cozinha comendo espaguete ao *pesto* com parmesão e conversarem um pouco sobre a atmosfera ruim que paira na agência nos últimos tempos, o dia passado com a mãe se revela razoavelmente suportável.

Clara tinha imaginado que a ida ao cemitério seria bem pior. Até admitiu à mãe que hoje fica feliz por ter se despedido de Ben na capela. Na época, foi Karin quem delicadamente a encorajou a fazer isso. Disse que era muito reconfortante poder ver com os próprios olhos a alma se afastar do corpo. Certamente o enterro e a descida do caixão à cova seriam menos dolorosos se Clara soubesse que ali é enterrado "apenas" o invólucro.

De fato, no rosto falecido, Clara mal conseguia reconhecer o Ben que lhe era tão familiar. Apesar da lesão na cabeça, sofrida logo após o impacto, ele parecia ileso e muito tranquilo, quase aliviado. Por outro lado, Clara não conseguia reconhecer nenhum traço típico que deixasse transparecer algo de sua verdadeira personalidade. Apenas as mãos, cruzadas em seu tórax, provocaram em Clara uma dor que ela ainda sente profundamente em seu corpo.

Embora também sinta muita falta do cheiro, da voz e do calor de Ben, suas mãos são para Clara o símbolo mais evidente de sua enorme perda. Já não pode pegá-las, não lhe transmitem mais afeto nem segurança, tampouco se movem, ainda que até mesmo sem vida parecessem conservar a mesma suavidade e familiaridade.

Tantas vezes Clara observara Ben tocar violão com seus dedos bonitos, fortes, mas, de certo modo, delicados. Às vezes ele passava horas sentado no chão da sala, tocando suas canções preferidas de memória, outras mais difíceis com a ajuda de partituras e, sobretudo, pequenas peças que, depois de contínuas variações e repetições, ele recompunha em uma canção própria e maravilhosa.

Clara não pôde deixar de sorrir ao pensar nisso. Para o próximo fim de semana, planeja ouvir todos os CDs dele, selecioná-los e talvez dar alguns a Knut e aos outros rapazes.

Acha que é hora de contar a Ben um pouco sobre seu dia difícil, mas bonito. Clara liga o celular, que ainda não usou hoje, e começa a digitar, com um sorriso triste.

Sven

Quase não há nada que Sven despreze mais do que um quarto de hotel sufocante. Por isso, não ficou muito feliz ao saber que Philip, seu velho colega de faculdade, que vive em Berlim, viajou justamente nesta semana. Pois, do contrário, apesar de seu compromisso ser de manhã cedo, com certeza teria ido para o apartamento dele, em Friedrichshain em vez de desembarcar nesse hotel careta e decadente, não muito longe da avenida Ku'damm. Na verdade, Sven deveria estar preparando as duas entrevistas, cuja pós-edição certamente acabaria com o restante da semana. Porém, já na viagem de trem não conseguiu se concentrar. E agora está sempre com o pensamento em outro lugar.

Está bastante irritado. Não sabe ao certo se é por causa do quarto pequeno, do jantar muito pesado ou porque chove e ele não consegue se animar a sair e respirar um pouco o ar de Berlim.

Seja como for, seu humor não está dos melhores, pois nota que, de certo modo, a falta de mensagens de Mô o deixa nervoso. Durante a viagem de trem, estava prestes a perguntar-lhe gentilmente por que fazia dias que ela não dava notícias. Mas não lhe ocorreu nada adequado para lhe dizer sem assustá-la.

Pergunta-se o que terá acontecido nesse meio-tempo. Talvez ela finalmente tenha descoberto seu engano e agora saiba que os SMS não chegaram ao destinatário correto. Talvez seu amante tenha voltado de viagem, de modo que não haveria mais razão para suspirar por ele. Talvez também tenha lhe acontecido alguma coisa. Ou já não esteja apaixonada. Talvez...

Talvez tudo isso já não faça nenhuma diferença para ele!

Sven se senta na cama dura, pega o controle remoto para ligar a televisão e, ao mesmo tempo, começa a dar uma olhada em suas anotações e pesquisas. Fica um pouco por não ter trazido nenhum livro interessante. Mas sabia que, se o fizesse, não avançaria com seu trabalho.

Após dez minutos em que tenta inutilmente dedicar toda sua atenção aos papéis, desliga o som da televisão. O tempo passa, e o incômodo de Sven aumenta.

Pega o iPhone e percorre sua lista de contatos. Talvez devesse ligar de novo para David e lhe perguntar como andam as coisas com sua nova namorada. Mas, na verdade, não está nem um pouco interessado em saber. E é justamente isto o que menos gosta em si mesmo: quer se trate de seu amigo ou de Hilke, tem dificuldade para se alegrar com a felicidade alheia. Antes ele lidava com a inveja de maneira mais descontraída. Quando acontecia alguma coisa muito legal com alguém, ele obviamente sentia um pouco de inveja, mas sem nenhum ressentimento. Mas hoje, quando pergunta a David sobre seu novo amor, intimamente deseja que ele tenha evaporado.

"Esses pensamentos são doentios", repreende-se. Mais doentio ainda, pensa, quando olha o número de Mô no telefone celular para digitá-lo no telefone do quarto. Faz isso bem lentamente. Como um menino que brinca com fogo. Primeiro, hesita, depois, ousa um passo, volta a recuar, até que a coragem e a curiosidade acabam prevalecendo.

O próprio Sven não entende por que sente tanta necessidade de entrar em contato com uma mulher imaginária.

Mas não consegue agir de outra forma. É chegada a hora de finalmente agir, sem se deixar levar pelas constantes ponderações de argumentos racionais e contrários, que ele disseca em pequenas partes.

O telefone chama.

Sven sente o coração martelar. Endireita-se na cama, pigarreia e pensa que enlouqueceu de vez.

– Você ligou para 0172...

A decepção e o alívio o invadem. Mais uma vez caiu na caixa postal, que se coloca como uma barreira insuperável entre a realidade e o mundo da imaginação. Como um sinal indicando-lhe que é melhor esquecer Mô.

Sven reflete.

De repente, se levanta de um salto, veste um blusão com capuz e sai para caminhar um pouco.

– Perfeito. Daqui a meia hora no restaurante japonês? – pergunta Sven na tarde seguinte ao amigo David pelo telefone.

– Está certo. Até mais! – responde David.

Embora Sven esteja exausto após o retorno a Hamburgo, precisa muito conversar com alguém minimamente razoável. Seu dia foi um verdadeiro horror. Duas entrevistas longas, uma delas muito árdua, durante o almoço; chefes fanfarrões, que não paravam de falar. E isso apesar de ele ter pensado o tempo todo em Mô, em sua mensagem e na estranha experiência que teve depois de seu passeio noturno por Berlim.

Ao voltar para o quarto do hotel, a primeira coisa que fez foi olhar para a tela do telefone, como se tivesse uma intuição. No começo, mal ousou olhar direito, pois achava humilhante esperar por uma mensagem em vão. Como podia se sentir pessoalmente afetado ou decepcionado se os SMS eram claramente para outra pessoa? No entanto, ao pegar o telefone para verificar, Sven teve uma repentina sensação de certeza. Como alguém que vai com serenidade para uma entrevista de trabalho ou para uma prova, com a segurança de que vai dar tudo certo.

Ao ver que de fato havia uma mensagem de "Noname", primeiro levou um pequeno susto. Ficou perplexo com essa gigantesca coincidência que, em razão da perfeita sincronia, pareceu-lhe quase mágica. Afinal, pouco antes, enquanto caminhava pela avenida Ku'damm, Sven havia jurado a si mesmo que baniria de uma vez por todas o fantasma de Mô de sua cabeça, a menos que ela desse sinal de vida ainda naquela noite. Então, logo a alegria e a expectativa prevaleceram após o longo período sem receber notícias.

Inicialmente, ao ler as palavras dela, Sven não as entendeu direito. Teve de ler uma segunda vez para compreender o que significavam. Mô escreveu:

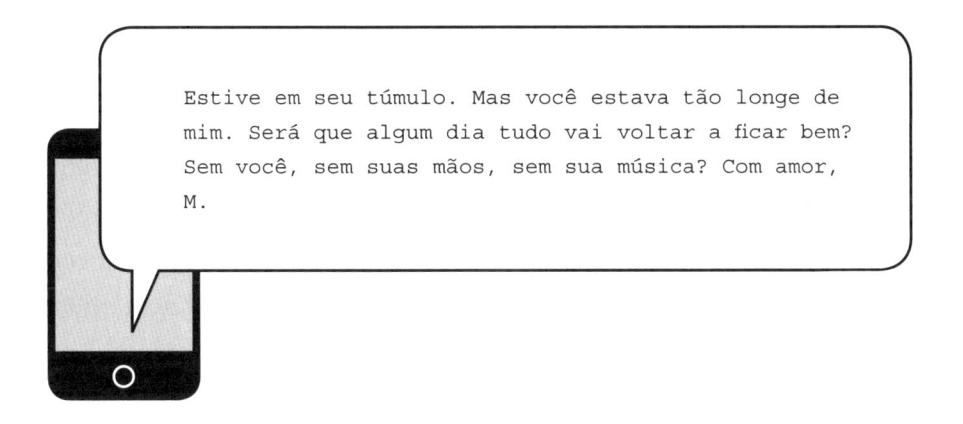

> Estive em seu túmulo. Mas você estava tão longe de mim. Será que algum dia tudo vai voltar a ficar bem? Sem você, sem suas mãos, sem sua música? Com amor, M.

Ainda de terno, Sven está sentado em seu terraço e fita o céu azul-escuro, no qual as nuvens passam como figuras brancas. Solta o nó da gravata incômoda e repassa a lista com todos os SMS dos últimos meses. Embora já tenha levantado várias vezes a possibilidade de o namorado de Mô estar morto, a confirmação de sua hipótese lhe parece um tanto sinistra, como se ele fosse o único responsável por isso, em razão de suas fantasias.

Talvez seja sua consciência pesada em estado latente que resolveu se manifestar, pensa. Pois, durante a viagem de volta a Berlim, ele até se sentiu invadido por certa alegria pelo fato de Mô não estar comprometida.

Mas o coração dela está. Seu coração está nitidamente comprometido! E mais uma vez isso fica claro para Sven quando ele relê todas as mensagens, uma após a outra.

Levanta-se e se apoia na balaustrada. Dali, tem a melhor vista por cima dos telhados.

Nessa noite faz um calor que não é habitual, e Sven espera conseguir uma mesa para ele e David na área aberta. Do contrário, vai sugerir trocar o restaurante japonês por uma cervejaria com terraço. O importante é que fiquem ao ar livre e não passem essa noite morna em um local abafado.

Enquanto pensa no que vai vestir à noite, nota uma repentina dificuldade para respirar e que está ofegante. Faz algum tempo que tem observado essa falta de ar. No começou achou que fosse porque subiu a escada mais rápido do que de costume. Estava com pressa para ver a lista com as mensagens. Mas sua respiração já deveria ter se normalizado. No entanto, ele ainda se sente perturbado, quase nervoso.

Não adianta. Mesmo que faça um papel ridículo, pensa Sven, tem de contar toda a história a David. De tanto refletir, já não sabe o que é certo. Odeia quando não consegue controlar as situações. E essa situação está exigindo demais dele.

O que deve fazer? Tentar ignorar Mô? Pedir-lhe gentilmente, mas com firmeza, para que não lhe envie mais mensagens? Será que deve trocar de número para poder entrar em contato com ela como quem não quer nada? Mas, e depois? Deve ligar e convidá-la para um café, iniciando uma conversa totalmente absurda e superficial sobre a perda de uma pessoa amada? Deve procurá-la em segredo e cair no ridículo?

Sven hesita por um breve momento. Não seria melhor desmarcar com David essa noite? Mas se não sair agora, vai se consumir em pensamentos sem chegar a uma conclusão.

Decidido, caminha até o quarto. Se despe, entra rapidamente no chuveiro e pensa em como começar a contar a história a seu amigo, com a esperança de que suas palavras não o façam parecer um idiota.

Clara

"Lüneburg é realmente maravilhosa", pensa Clara ao atravessar o parque do balneário de bicicleta na sexta-feira à noite. Embora seja um bom desvio da agência até seu apartamento, vale a pena percorrê-lo em uma noite tão bonita de primavera como essa.

Até pouco tempo antes, era muito difícil para ela ir à noite do trabalho para casa, onde ninguém mais a esperava. Mas agora a atmosfera entre os colegas anda tão tensa e hostil que ela já não gosta nem um pouco de ficar ali. Nos últimos tempos, alguns contratos importantes foram cancelados, e muitos já estão ficando seriamente preocupados. Não estaria na hora de enviar alguns currículos? Afinal, a julgar pelos anúncios de vagas que aparecem de vez em quando na internet e no jornal, o mercado para *designers* gráficos não deve estar tão saturado assim. Quem sabe o que ela poderia conseguir? Por outro lado, Clara adquiriu pouca experiência fora da agência, de modo que não poderia se candidatar a grandes campanhas com clientes importantes.

Seja como for, preferiria ganhar a vida com a pintura, mas certamente essa ideia não é nada realista. Se bem que ela poderia tentar ganhar um dinheiro extra com isso, dando aulas de pintura para iniciantes. Nesse meio-tempo, Clara desenvolveu uma técnica especial, utilizando uma folha de metal especial e outras ferramentas encontradas em lojas de material de construção. A junção do óleo e de elementos metálicos confere a seus quadros um aspecto peculiar. Foi o que também confirmaram Katja e sua mãe, mas a opinião delas não deve ser muito confiável.

Pouco importa, o fim de semana chegou! E Clara está feliz com os próximos dois dias livres. Será a dose exata para combinar motivação e relaxamento, pois, além de visitar seus avós, ela só planeja pintar com toda a tranquilidade, para ver se consegue se desligar de suas reflexões pelo menos por um tempo.

É cada vez mais difícil se desligar desses pensamentos. Normalmente, costuma ter dez sobressaltos por hora. Nessas ocasiões, seu cérebro lhe exibe no mesmo instante uma mensagem em letras garrafais: "BEN ESTÁ MORTO!". Como se precisasse se lembrar desse fato com regularidade.

Porém, mesmo que quisesse, Clara não conseguiria deixar de pensar no destino nem por um breve momento. É bem provável que esse novo "estilo de vida" a acompanhe até o fim, como o som agudo de um zumbido no ouvido, que só desaparece em momentos excepcionais e, na melhor das hipóteses, não a incomoda durante o sono.

"Deve haver outro caminho na vida", pensa Clara. "E se Ben não o encontrou, tenho de fazer de tudo para que sua morte não pareça ainda mais sem sentido."

Quando pequena, sempre pintava alguma coisa em seus dias ruins. Escondia-se na caverna que havia construído sob a inclinação do telhado em seu quarto e ficava sonhando com um cômodo ainda maior, um animal doméstico, uma bicicleta ou um vestido de princesa até as lágrimas secarem e ela sentir vontade de colocar no papel todos os seus sonhos, pintados com giz de cera.

É exatamente o que vai fazer nesse fim de semana. Terminará seu sétimo quadro ouvindo todas as músicas de Ben, aproveitará os raios de sol e o ar fresco e fará algumas pesquisas para saber se é possível se dedicar profissionalmente à pintura.

Sven

— Que romântico! – exclama Hilke, olhando pela janela, mergulhada em seus pensamentos. Depois, ainda emite um suspiro em alto e bom som.

— O que há de romântico nisso? Uma mulher jovem que perdeu seu grande amor? – pergunta Sven, indignado. O encontro com David foi bastante agradável, mas o assunto "Mô" não deu grandes resultados. Por isso, nessa sexta-feira, Sven reuniu toda a sua coragem para pedir a Hilke sua opinião.

— É bem típico de você eu ter de explicar tudo de novo. Você simplesmente não tem a menor noção. Isso é romantismo puro. A verdadeira vida!

— Não entendo qual é essa relação tão direta entre a morte e a vida – responde Sven em um tom que ele espera ser capaz de colocar um ponto-final na incômoda discussão sobre as novidades do mundo paralelo de Mô.

Mas, pelo visto, Hilke se sente ainda mais animada para liberar toda a sua perspicaz sabedoria sobre a vida e o amor. Reclina-se em sua cadeira e respira fundo:

— Svenni!

— O que foi, Hilki?

— Como você é idiota! Mô é um ser ultrarromântico. Pense um pouco! Para ela mandar mensagens a seu amor no além, é porque não encontrou outro modo de aplacar sua saudade e sua dor, que devem ser enormes!

— Se quiser saber, acho uma loucura e uma cafonice.

— Não, não quero saber! Pois você não tem nenhuma sensibilidade para o que é essencial. E não merece Mô nem um pouco!

Sven quase deixa o copo de café cair da mão. Olha para Hilke com perplexidade.

— Não mereço o quê? Agora você enlouqueceu de vez!

— Não percebe que o destino está te servindo uma mulher dos sonhos em bandeja de prata?

— Uma mulher dos sonhos que vai passar a vida inteira apaixonada por um morto.

— Como pode saber? Minha prima se casou de novo e é muito feliz, embora seu primeiro marido tenha morrido em um acidente. Essas pessoas lidam de maneira muito mais prudente com sua nova felicidade, pois sabem o quanto ela é valiosa.

— Ah, nossa! Que belas palavras em um final de manhã...

— Ah, nossa! Quanta mediocridade em um cérebro masculino...

Sven quer responder, mas não sabe o que dizer. Tenta, então, se concentrar de novo na preparação de sua entrevista. Hilke também olha com seriedade para sua tela e martela freneticamente seu teclado.

Embora Sven já tenha transcrito a parte mais importante dos arquivos em MP3 e a tenha inserido em seu texto como citações, recoloca os fones no ouvido para deixar claro à sua colega que não está a fim de jogar conversa fora.

Mas Hilke não desiste e passa a se comunicar com ele por *e-mail*. Sven tenta reprimir um gemido de irritação ao ver a pequena janela do Outlook se abrir.

```
De: Hilke Schneider
Assunto: Acordo
Caro Svenni! Tudo bem. Já entendi e proponho um acordo:
a partir de agora, não vou mais me meter na sua vida
amorosa desde que você me mostre que tem coração!
Bjos, H.
```

Sven não tem saída. Imediatamente, responde:

```
De: Sven Lehmann
Minha querida Hilki! Perfeito - você fica de fora!
Abs, S.
```

Nem um minuto depois, chega a resposta de Hilke. Ela também se esforça para não tirar os olhos do monitor e não fazer nenhuma careta:

```
De: Hilke Schneider
Sim, mas você tem de prometer que vai tentar encontrá-
la.
```

```
De: Sven Lehmann
Isso é assédio no local de trabalho!
```

```
De: Hilke Schneider
Sua cara sempre deprimida também!
```

De: Sven Lehmann
Tirando o fato de que não estou nem um pouco a fim de conhecê-la, eu nem saberia como.

De: Hilke Schneider
Você é redator de uma revista renomada. Deveria saber como se faz uma boa investigação.

De: Sven Lehmann
E aonde acha que isso iria levar, digníssima colega?

De: Hilke Schneider
À felicidade, seu tonto!

De: Sven Lehmann
Tonta é você, sua maluca!

De: Hilke Schneider
Você também! Vamos almoçar no tailandês atrás dos
Magellan-Terrassen? Estou com fome.

De: Sven Lehmann
OK

De: Hilke Schneider

Durante o almoço, Hilke consegue cumprir sua parte no acordo por apenas meia hora. Depois não se aguenta e tenta de novo insistir, de maneira um pouco desastrada, mas encantadora, para que Sven finalmente assuma as rédeas de sua felicidade.

Sven não sabe se aceitou timidamente o acordo para que ela parasse de uma vez por todas de se meter em sua vida amorosa ou porque ela tem a mesma opinião de David. Se seu amigo não estivesse tão cego por causa de sua paixão, certamente teria aconselhado Sven a pedir gentilmente a essa tal de Mô para deixar de incomodá-lo. Mas David achou a história dos SMS muito emocionante e disse frases como: "Relaxe um pouco!", "Não desista!" ou "O que você tem a perder?".

Seja como for, está mesmo na hora de agir. Sven também já se convenceu disso. Nem que seja para não perder a cabeça e correr o perigo de depender de um SMS para salvar sua alma!

Embora o trabalho ainda não esteja concluído e falte pouco para o fechamento da edição, Sven tenta fazer o rascunho de uma resposta a todas as mensagens de Mô. Abre um novo documento e salva o arquivo em sua pasta particular com o nome de "Mô". Escreve:

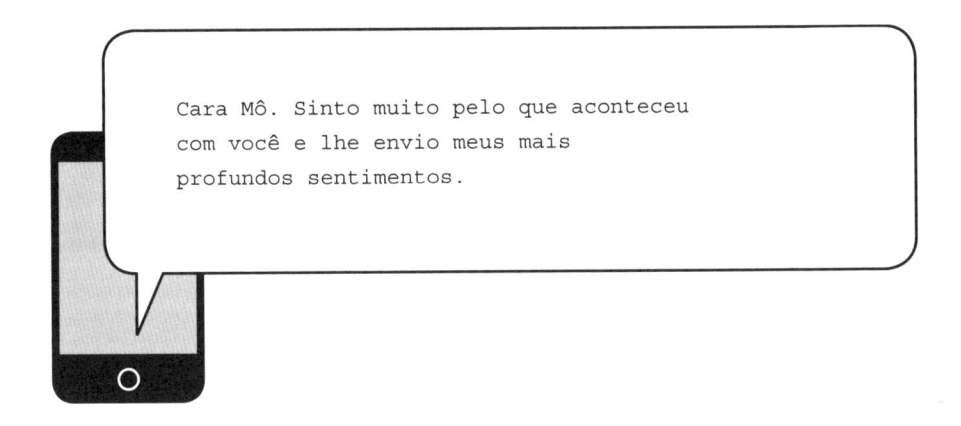

> Cara Mô. Sinto muito pelo que aconteceu com você e lhe envio meus mais profundos sentimentos.

"Meu Deus! Isso está parecendo um filme de quinta categoria!", pensa Sven. Sem apagar as linhas, apenas pressiona a tecla *enter* e começa um novo parágrafo:

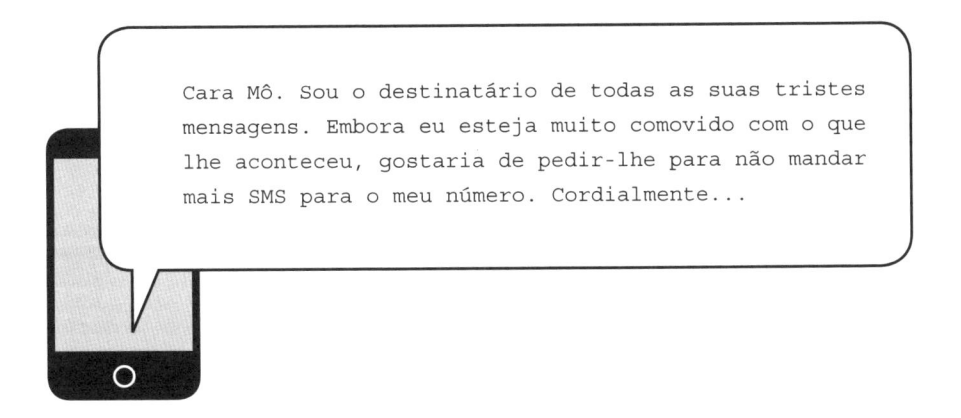

> Cara Mô. Sou o destinatário de todas as suas tristes mensagens. Embora eu esteja muito comovido com o que lhe aconteceu, gostaria de pedir-lhe para não mandar mais SMS para o meu número. Cordialmente...

Que porcaria!

Sven olha pela janela. Está feliz por Hilke já ter ido para casa e ele não se sentir mais sob intensa observação.

Uma nova tentativa:

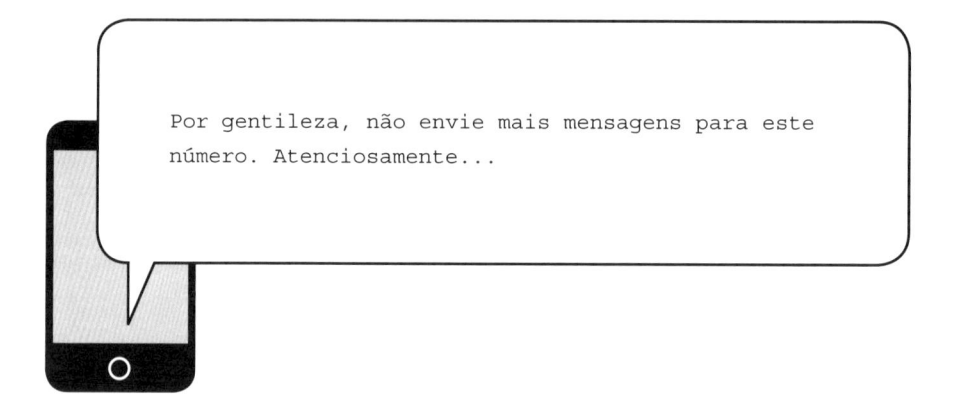

> Por gentileza, não envie mais mensagens para este número. Atenciosamente...

"... Sr. Babaca", pensa Sven.

– Não pode ser tão difícil assim! – repreende-se em um tom de voz tão alto que, preocupado, olha para a porta aberta para ver se não há nenhum colega por perto.

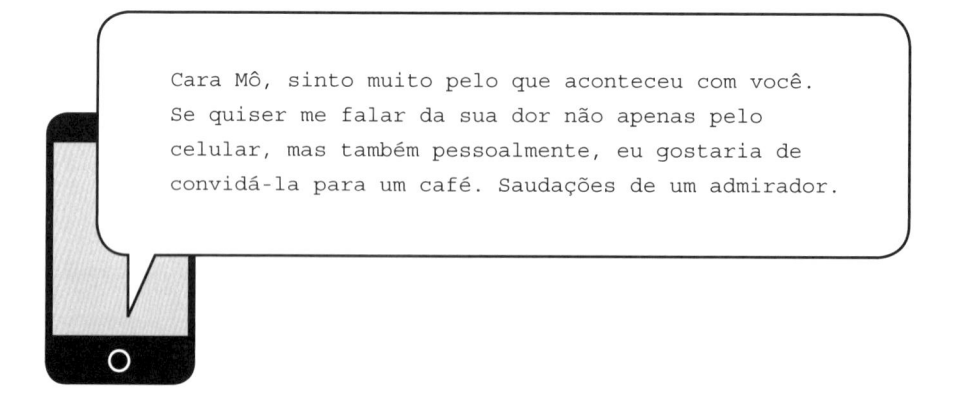

> Cara Mô, sinto muito pelo que aconteceu com você. Se quiser me falar da sua dor não apenas pelo celular, mas também pessoalmente, eu gostaria de convidá-la para um café. Saudações de um admirador.

Soa como um setentão pervertido!

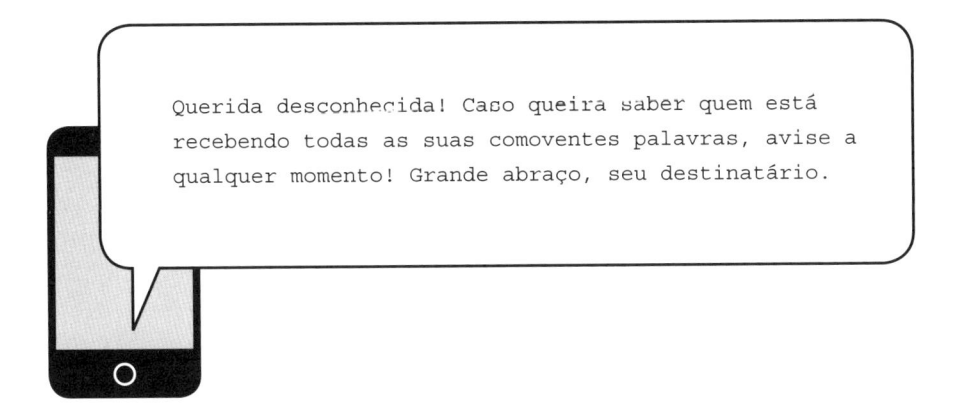

> Querida desconhecida! Caso queira saber quem está recebendo todas as suas comoventes palavras, avise a qualquer momento! Grande abraço, seu destinatário.

Sven olha fixamente pela janela. Como impedir que Mô morra de susto ao receber uma suposta mensagem de seu namorado no além?

Talvez ele deva escrever para ela de um outro celular. Ou será que ela imagina que seus SMS estão indo para um estranho? Nesse caso, sem dúvida ficaria brava por ele se manifestar apenas agora. Com certeza ela acredita que o número não foi transferido a ninguém e que suas palavras desembarcam no nirvana.

Não adianta. Sven tem de dedicar toda a sua energia ao seu trabalho. Pega o iPhone e digita:

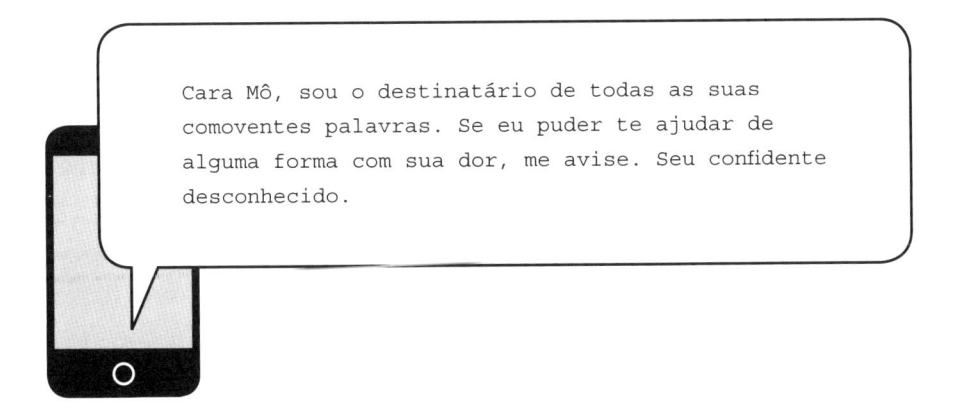

> Cara Mô, sou o destinatário de todas as suas comoventes palavras. Se eu puder te ajudar de alguma forma com sua dor, me avise. Seu confidente desconhecido.

Embora em um primeiro momento apenas salve a mensagem, sem enviá-la, Sven se sente mais tranquilo. Da próxima vez que se encontrar em uma situação em que se veja obrigado a agir, simplesmente vai enviar o SMS e logo se sentir melhor. Talvez deva esperar por um sinal.

Balança a cabeça ao pensar nessa ideia tola. Mas pelo menos agora pode voltar ao que estava fazendo. Respira fundo e tenta terminar o artigo. Afinal, quer começar logo o fim de semana e chegar pontualmente à aula de tai chi.

É a terceira vez que Sven lê o último SMS de Mô nessa noite. Já são quase duas da manhã, e som do telefone o arrancou do sono. Mal consegue ver o que está escrito na tela, o que certamente tem a ver com o bom vinho tinto que saboreou em seu terraço após o treino. No entanto, quer de todo jeito saber mais informações sobre o mundo de Mô e, de preferência, contextualizá-las e compreendê-las de imediato.

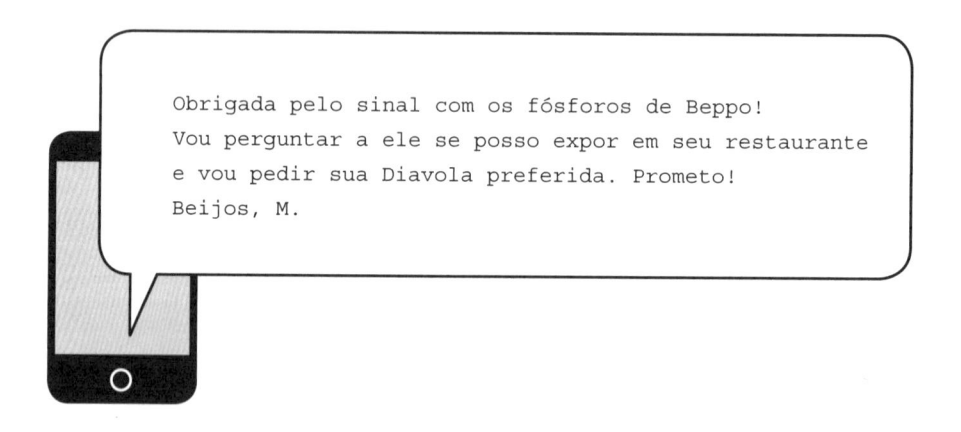

> Obrigada pelo sinal com os fósforos de Beppo!
> Vou perguntar a ele se posso expor em seu restaurante e vou pedir sua Diavola preferida. Prometo!
> Beijos, M.

Sven se senta e acende a luz. Mais uma vez, lê o texto e se pergunta se *Diavola* é uma pizza. Se for, quantos restaurantes deve haver na Alemanha que são administrados por um Beppo e que trazem essa pizza no cardápio?

Um, dez, cem?

Difícil dizer. E o que os fósforos têm a ver com tudo isso? De que sinal Mô está falando? Santo Deus! Será que ela realmente acredita nessas bobagens esotéricas?

E o que está querendo expor? Seus quadros?

"Quero ver os quadros dela", pensa Sven e se levanta para tomar um pouco de ar puro.

No terraço está bem fresco. Dali, ele tem um bom panorama dos poucos ambientes iluminados nos prédios ao redor. Na frente, consegue observar uma mulher enrolada em uma toalha, sentada na frente da televisão e pintando as unhas dos pés. Sven fica tentado a ir buscar o binóculo que comprou para ver o último eclipse parcial da lua. Será que vale a pena olhar a mulher mais de perto?

Mas acaba desistindo dessa ideia tentadora. Seria um ato desprezível de sua parte invadir a esfera privada de sua vizinha, que aparentemente se sente segura e protegida.

Será que Mô também pinta as unhas às duas da manhã? Cuidaria da própria beleza? Pessoas com dom para pintura não dariam, necessariamente, valor à estética?

Que tipo de quadros ela pintará? Mô se sentiria segura e protegida quando pinta? Não seria melhor dexá-la em paz, ficar fora de sua vida, dando-lhe o espaço de que ela necessita para superar o luto, e apagar sem ler todas as mensagens que ainda receber?

Sven não gosta dessa ideia. Embora não lhe agrade se sentir como um bisbilhoteiro desprezível, desagrada-lhe ainda mais permanecer longe do mundo de Mô.

Pega uma garrafa de água na cozinha para matar a sede provocada pelo álcool e volta para o terraço. Porém, dessa vez, senta-se em sua poltrona de vime, para não invadir sem querer o mundo da jovem vizinha com seu olhar.

"Já com Mô é o contrário", pensa, de repente, endireitando-se. "Afinal, foi ela que invadiu meu mundo!"

Olha para as estrelas. É possível reconhecer com clareza o Triângulo de Verão, embora ainda haja muitas luzes acesas na cidade, que ocultam inúmeras estrelas.

Sven sente que é uma noite ideal para ver as coisas com mais clareza e entra novamente no apartamento, onde seu MacBook o espera em uma bolsa no corredor, ansioso por conhecer todos os segredos que pairam no ar em uma noite tão especial de verão. Pega o *laptop* e um blusão com capuz e volta para a poltrona de vime. Liga o computador e, enquanto esse inicia, fita novamente o céu em busca de Alcor, o cavaleiro no Grande Carro. Quando finalmente o encontra, é quase como se tivesse recebido um sinal, como o que Mô também recebeu. A busca vai valer a pena.

Quando um pequeno ícone aparece na tela, indicando que ele está conectado, Sven abre a página do Google e busca, na imensidão do mundo virtual, pelo termo *Diavola*.

Clara

— Vó, seu purê de batata é simplesmente o melhor do mundo! — murmura Clara de boca cheia. Ela adora sentar-se com seus avós e se sentir como uma menina mimada.

— Não deixe sua mãe ouvir isso! — adverte Lisbeth.

Clara suspira. Gosta da mãe, mas as duas nunca tiveram um bom relacionamento, de modo que Clara não sabe bem o que responder.

Mas Lisbeth continua a falar:

— Aproveite. Fico feliz que finalmente tenha ganhado um pouco de peso, filha!

— Ganhei? — pergunta Clara, surpresa, devolvendo o garfo cheio ao prato. Olha para si mesma, de cima a baixo.

— Seu rosto não está mais tão encovado. Você está linda de novo! — Lisbeth olha para Clara com ar inquiridor e, de repente, abre um largo sorriso. — Por acaso está apaixonada?

— Vó! — exclama Clara, indignada. Sente-se totalmente pega de surpresa. Acabou de lhe contar, toda entusiasmada, sobre suas pinturas, pois finalmente voltou a fazer algo que lhe dá prazer, mas Lisbeth só consegue atribuir seu bom humor a uma paixão, que além de estar fora de questão é absolutamente irreal. "E Ben? Será que todos já se esqueceram dele?", pergunta-se Clara.

Lisbeth percebe que talvez tenha ido longe demais.

— Sabe, às vezes a melhor forma de superar um amor antigo é com um amor novo.

— Mas talvez eu não queira superá-lo — responde Clara, indignada.

– Você não deveria perder a esperança.

– Esperança em quê? As coisas nunca voltarão a ser o que eram.

– Ninguém está dizendo o contrário, minha querida. Mas você pode tentar fazer do limão uma limonada.

Paira o silêncio. Clara cruza os braços, na defensiva.

– Querida, você é jovem, linda, uma mulher talentosa e...

– E inteligente! – interrompe Willy, sorrindo com orgulho, enquanto empurra seu prato até a sopeira, para que Lisbeth possa servi-lo.

– Acha que Ben ia querer que você ficasse sozinha? – pergunta Lisbeth com delicadeza, embora suas palavras soem bastante duras.

– Deixe a menina comer em paz – intervém o avô.

– Tudo bem – responde Clara. – Eu sei que vocês só querem o meu bem. Mas agora me digam o que há de tão urgente.

Clara mal tinha chegado ao corredor do apartamento, e Lisbeth começou a contar, toda animada, que tinha grandes novidades.

Descobriu que tinha herdado de sua tia um "dinheirão", embora seu contato com ela fosse muito esporádico havia anos.

– Tinha 97 anos. Uma idade considerável – declara Willy –, e Lisbeth é sua única parente ainda viva.

– Bom, ainda não sabemos de quanto dinheiro se trata nem quanto custará o enterro – completa Lisbeth. – Pedi a seu tio para cuidar disso.

Depois de comer, Willy vai para a sala, como de costume, para tirar um cochilo em sua poltrona. Inquieta, Clara se move em sua cadeira e, por fim, se inclina um pouco para a frente.

– Lisbeth – diz com cautela. O olhar de sua avó revela que ela já imagina se tratar de algo importante. É sempre assim quando a neta a chama pelo nome. – Você acredita em sinais?

Lisbeth se reclina e pigarreia.

– Que tipo de sinais?

– Bem, sinais... que vêm lá de cima. – Clara aponta com a cabeça para o céu.

– Você quer dizer algo como "se amanhã o sol brilhar, logo vamos herdar algum dinheiro"?

– É, algo parecido. Bom, acho... – Clara hesita. – Acho que Ben está me mandando sinais. – Olha para Lisbeth com expectativa, põe as mãos sob o queixo, apoia os cotovelos na mesa e completa: – Infantil, não é?

– Nem um pouco.

– Não?

– Ao contrário. É inteligente. Sabe, querida, quando seu pai nos deixou, refleti muito sobre a vida e o modo às vezes inexplicável como as coisas acontecem. E cheguei à conclusão de que vale a pena acreditar em alguma coisa.

– Humm. Isso é muito abstrato para mim.

– Quando as pessoas sofrem uma fatalidade, perdem a fé ou acabam descobrindo Deus ou uma religião.

– Lisbeth, não estou falando de Deus, mas de Ben. Os sinais são dele!

– Pode me dizer que tipos de sinais são esses?

– Bom, ontem à noite, por exemplo, eu tinha acabado de pintar uma tela grande. Eu estava sentada, me servi de uma taça de vinho e fiquei pensando no que deveria fazer com todos aqueles quadros, se haveria um meio de expô-los ou até mesmo de vendê-los. Enfim, fui até o armário da cozinha para pegar um isqueiro e algumas velas, mas não encontrei nada. Então, fui até a sala e remexi em algumas gavetas. Quando já estava desistindo e ia fechar a última gaveta, ela emperrou. Precisei tirar todos os papéis para ver o que a estava prendendo em meio àquela bagunça. Era esta caixinha de fósforos.

Clara enfia a mão no bolso da calça e põe uma pequena embalagem em cima da mesa.

Lisbeth a pega e observa sua inscrição. Um pouco admirada, olha para Clara.

– Castello?

– É o restaurante italiano aonde Ben e eu sempre íamos. Então, de repente, tive uma ideia: de vez em quando, Beppo, o dono do local, expõe quadros ou fotografias, daquelas que trazem plaquinhas indicando preços elevados. Bom, então pensei... Talvez eu também possa mostrar meus quadros a ele. É só uma ideia... E mesmo que pareça loucura total, tive a impressão de que foi Ben quem me mandou esse sinal. Entende?

Clara olha para a avó com ar interrogativo. Lisbeth sorri, satisfeita, e se cala.

– Então? Não vai dizer nada? – reclama Clara.

– Não há muito que dizer. Algumas coisas na vida têm importância suficiente. Não é necessário aprofundá-las nem cobri-las com palavras.

– Ai, vó, às vezes tenho medo de enlouquecer. Você me acha maluca?

– Nem um pouco – diz Lisbeth, colocando a mão no ombro da neta, que olha para ela em desespero. – Sabe, a questão não é se existem ou não esses sinais, mas se você os reconhece como tais e como os interpreta.

Clara fita a avó com ceticismo.

– Todo pensamento positivo vai ajudar você a superar essa fase tão difícil da sua vida com mais facilidade. Nesse momento, tudo o que fortalecer sua fé no que é bom é infinitamente importante para você. A fé no que é bom e no amor!

Lisbeth se levanta da cadeira e se inclina sobre Clara, que, admirada, permanece sentada e espera com ansiedade o que sua avó ainda tem a dizer.

– Filha, você tem duas possibilidades: ou acredita no que é bom e inexplicável ou não acredita. Pense bem em qual das duas alternativas faz você se sentir melhor! – Lisbeth ergue as sobrancelhas e, com um aceno de cabeça, encoraja Clara a responder.

Clara hesita. Após uma longa pausa, diz:

– Você tem razão. Todo esse sofrimento deve ter um sentido mais profundo. Quero acreditar no que é bom. Do contrário, teria de desistir agora mesmo.

Sven

– Tudo bem, reconheço, preciso da sua ajuda.

– Antes de tudo, bom dia. Sim, obrigada, meu fim de semana foi ótimo. Muito gentil de sua parte perguntar – repreende-o Hilke ao entrar com pressa na sala, balançando a cabeça com ironia. – Do que se trata? Estresse com Breiding?

– Não, informações sobre Mô.

Sven não sabe se deve ficar feliz ou assutado com a reação de Hilke.

– O quê? Jura? – grita Hilke, que parece acordar de repente. – Conte! O que aconteceu?

– Nada.

– Ahhhh, você me deixa louca. Por que a gente sempre tem de arrancar as coisas de você com saca-rolha?

– Só investiguei um pouco porque estava entediado.

– Sim, e daí?

– Isso é tudo. Não descobri muita coisa. Só sei que ela aparentemente vive em uma cidade onde há um restaurante italiano, dirigido por um tal de Beppo, que, por sua vez, tem uma pizza chamada "Diavola" no cardápio.

– Que delícia!

– Conhece?

– Sim, é muito boa, picante e condimentada. É a pizza preferida do Robert.

– E do ex de Mô.

— Sim, e o que mais? – pergunta Hilke, que continua a olhar para ele com ansiedade por cima da mesa.

— Ah, mais nada. De acordo com a internet, há 45 restaurantes italianos em 40 cidades diferentes na Alemanha com um proprietário chamado Giuseppe. E essa pizza está no cardápio de pelo menos três deles.

— Entendo, você conclui que Beppo venha de Giuseppe. E o que mais?

— Nada!

— Bom, e Hamburgo? Procurou em Hamburgo também? Acho que na pizzaria na esquina de casa também trabalha um Giuseppe.

— Está vendo? Isso só prova o quanto é improvável encontrar esse italiano entre centenas de outros. Imagine, então, identificar Mô!

Hilke afunda na sua cadeira.

— Agora diga sinceramente, Sven. Por que simplesmente não liga para ela? – pergunta após uma breve pausa, com seu típico sorriso de superioridade.

Sven faz uma careta e revira os olhos.

— Tudo bem, não foi uma boa sugestão. E se *eu* ligasse de novo para ela? Com outra desculpa? – pergunta Hilke, olhando para ele como uma criança inocente que acabou de aprontar.

— Não. É ridículo. O que você diria a ela? Que mais uma vez ligou errado, mas quer saber o nome dela?

— Eu também e poderia ligar e desligar assim que ela dissesse seu nome.

— Ela só atende dizendo "alô", e...

— Não acredito! Então você admite. Ligou para ela faz tempo! E me fez acreditar que não se interessava nem um pouco por ela... Que cara de pau!

— Não liguei para ela! – Sven reflete rapidamente como sair dessa situação. – Mas com certeza é alguém que sempre atende dizendo "alô" ou "sim".

— Sei. Valeu a tentativa. Qual é o número?

Sven dita o número de Mô meio a contragosto e meio ansioso para saber se essa ação repentina, típica de um adolescente, terá algum resultado útil.

Contudo, Hilke já está com o telefone na orelha e digita o número.

— Ai, meu Deus, estou nervosa! Está chamando! – sussurra em tom de conspiração.

— Eu sei – diz Sven achando graça, pois a colega colocou a ligação em viva voz.

— Sim? – ecoa na sala.

— É... Bom dia, aqui é da Loteria do Sul da Alemanha... é... falo com a senhora... – Hilke olhou para Sven, com ar interrogativo. Ela parece bastante nervosa, e Sven logo sente vergonha alheia. Preferiria sair correndo. Mas, pelo visto, a essa altura não há como voltar atrás. Dando de ombros, aponta para o cartaz pendurado na porta fechada, que traz uma caricatura de Angela Merkel e Condoleezza Rice disputando uma queda de braço.

Hilke continua:

— Falo com a senhora Rice, quer dizer, Reis, Cornelia Reis?

— Não – vem a resposta gentil do outro lado da linha.

— Tenho uma boa notícia para a senhora. De 500 participantes, a senhora foi escolhida para participar gratuitamente de nosso sorteio...

— Não estou interessada! – interrompe a voz, já um tanto irritada. – Não sou a senhora Reis nem tão idiota para participar dessa baboseira. A senhora deve ter ligado para o número errado.

— Desculpe, senhora... é... como é mesmo seu nome, se me permite perguntar?

— Não, não permito.

– Tudo bem. De todo modo, não seria nenhum inconveniente para a senhora se avaliássemos seus dados, assim a senhora poderia ganhar de forma completamente gratuita e sem compromisso...

Do outro lado da linha, a voz que se faz cada vez mais alta interrompe Hilke mais uma vez:

– Como consegue conciliar um trabalho tão irritante com sua consciência? Em seu lugar, eu preferiria trabalhar como faxineira! Passar bem!

Hilke está com o rosto vermelho. Perplexa, olha para o fone, como se nele houvesse algo inesperado a ser descoberto.

Sven se reclina com um sorriso largo, cruza as mãos por cima da cabeça e diz, cheio de si:

– Bom, isso é o que eu chamo de conversa investigativa bem-sucedida. Devíamos ter chamado nosso estagiário!

Hilke diz algo incompreensível e olha com raiva para Sven.

– Não sei o que deu em você! Pelo menos agora sabemos que Mô não se chama Cornelia, que presumivelmente também não trabalha em um *call center* e, além disso, não é ingênua nem tola. – Hilke sorri com orgulho.

– Nossa, que fantástico! – contra-ataca Sven. – Preciso ir para a reunião agora. Vou falar com a equipe sobre suas técnicas inovadoras de investigação.

Hilke pega o *mouse pad* e o lança na direção de Sven, mas erra claramente o alvo, e ele responde com um sorriso sarcástico.

Sven sai, balançando a cabeça. Precisa urgentemente de ar fresco e decide passear mais tarde ao longo do rio Elba.

No horizonte se avista um navio gigantesco. Sven surpreende-se por não ter lido nada na imprensa sobre uma embarcação tão grande atracando no porto de Hamburgo.

Ultimamente, têm lido os jornais obrigatórios sem prestar muita atenção nas notícias. Em vez de dar uma olhada cuidadosa em outros periódicos importantes e analisar todos os jornais internacionais de economia para encontrar temas de referência, cada vez mais se surpreende buscando exposições de quadros sobre a lua ou restaurantes italianos na seção de cultura ou de anúncios. Mesmo ali, perto da Elbstraße, percebe que seu olhar examina todas as placas em busca de indicações de culinária italiana.

Por isso, nos outros dias, chega a fazer desvios ou a desacelerar sua corrida, perdendo o ritmo e se irritando por já não conseguir medir com objetividade se melhorou seu tempo no percurso de dez quilômetros. Não tem mais dúvidas de que está descuidando de seu treino. Sobretudo na natação tem ficado para trás. Até seu primeiro triatlo, na próxima primavera, vai ter de frequentar muitas piscinas.

No entanto, nesse meio-tempo, a questão sobre a desconhecida Mô se tornou um verdadeiro *hobby* para ele. Um jogo de detetive ou um treino de lógica que, no final, com uma combinação habilidosa, tem apenas uma variante como solução correta.

Contudo, a semana não foi muito produtiva. Com os dois SMS dos últimos dias, Sven não conseguiu descobrir muita coisa, a não ser que um tal de Niklas adora os quadros de Mô e que, por alguma necessidade, ela está pensando em trabalhar como autônoma.

Enquanto o navio se aproxima, Sven pensa em qual seria a profissão de Mô. Se de alguma forma ela planeja trabalhar por conta própria como pintora, talvez tenha estudado artes plásticas ou seja professora. Mas que professora desistiria voluntariamente de sua condição estável como funcionária pública? Talvez alguém nem um pouco popular, que sofre *bullying* de colegas e alunos por usar saias esquisitas de lã e por exalar um forte cheiro de suor.

Sven torce a boca. Não, não combina com ela. Ele não sabe explicar direito por quê, mas Mô lhe dá a sensação de ser exatamente o oposto de uma pessoa monótona e pouco atraente. Suas mensagens transmitem muita sensibilidade e vivacidade. Ela deve ter uma personalidade madura. Com certeza é muito bonita e está em uma idade em que, apesar de ter uma carreira consolidada, ainda possui entusiasmo suficiente para realizar seus projetos e seguir seu próprio caminho.

Se motivos relevantes do mercado a obrigam a agir dessa forma, certamente é porque tem um emprego. Algo moderno, talvez na área de *layout* de uma editora ou no departamento de *design* de uma empresa de moda.

De repente, Sven não pôde deixar de pensar em uma boa amiga de Fiona. Há algum tempo, ela lhe pediu alguns conselhos em relação aos impostos, pois queria abrir seu próprio ateliê. A empresa para a qual trabalhava havia entrado em falência. Ficou desempregada e estava tentando abrir o próprio negócio com o subsídio da Agência Nacional de Empregos.

Na época, Sven não conseguiu fazer mais do que lhe passar alguns contatos que ela poderia procurar. No entanto, depois de conhecer sua história, ele se deu conta de quantos jovens e pessoas altamente qualificadas fazem da necessidade uma virtude e se arriscam a dar o salto para trabalhar por conta própria ou de maneira independente. Também nessa ocasião, Sven fez pesquisas sobre o assunto e reuniu muitos dados, com os quais logo conseguiu convencer seu chefe na reunião de pauta. Breiding sugeriu que ele escrevesse um longo artigo a respeito, mas outros temas acabaram passando na frente. Entretanto, nesse momento Sven pensa que, diante da crise financeira internacional, ele poderia resgatá-lo.

Talvez pudesse usar esse argumento para procurar Mô, entrevistá-la ou apresentá-la como uma representante de muitos assalariados.

Sven acelera um pouco o passo. O navio está a apenas meio quilômetro de distância.

"É isso!", pensa Sven. É assim que vai conhecer Mô! Agora tem um motivo autêntico e totalmente inofensivo para entrar em contato com ela!

De repente, o apito alto e grave do navio ecoa, e Sven é arrancado de seus pensamentos. Como se atendesse a um chamado, percorre a passos largos o caminho de volta ao escritório ao longo do rio Elba.

Clara

"Que segunda-feira horrível! No entanto, o dia tinha começado tão bem!", pensa Clara.

Furiosa, olha pela janela do escritório, sem se fixar em nada determinado. "Niklas é mesmo um tremendo babaca", esbraveja internamente, e fica feliz por Antje não estar à sua mesa nesse momento, pois não gostaria que ela percebesse. Não vai demorar para que os outros recebam a má notícia. Nunca poderia imaginar que a empresa estava indo tão mal.

"O que faço agora?", pergunta-se Clara em voz baixa.

Milhares de pensamentos atravessaram sua cabeça, todos ao mesmo tempo. Talvez ela devesse ter interpretado a ligação maluca da mulher da loteria como um sinal e agarrado essa oportunidade! Afinal, é bem provável que precise de muito dinheiro em breve.

– Veja pelo lado positivo, Clara. Você tem muito potencial. Aproveite! – As palavras de seu chefe ainda ecoam com clareza em seus ouvidos. E, no fundo, Clara não está chateada com o que Niklas tentou lhe dizer diplomaticamente, mas com o modo como o fez.

Tentou demiti-la com sentimentalismo, dando a ideia de que era uma ótima notícia!

"Se pelo menos eu não tivesse mostrado para ele as fotos das pinturas!", pensa Clara, reclinando-se em sua cadeira. Há horas olha fixamente para o monitor. A proteção de tela mostra alternadamente imagens cósmicas, de estrelas, de Marte e da Lua.

Ela precisa conversar com alguém.

Katja!

Clara aperta a tecla de atalho e torce para que Antje não retorne rápido demais à sala.

– Oi, querida! Tudo bem?

– Acordei você? Você está falando tão baixo!

– Não, é que estou em uma palestra – sussurrou Katja.

– Ai, merda. Então me ligue mais tarde.

– Não tem problema. Está muito chata. Não posso sair porque daria muito na vista. Mas dá para ouvir, estou usando o fone de ouvido. Pode falar!

– Tudo bem, vou tentar resumir: em breve estarei desempregada!

– Quê? – Katja fala tão alto que certamente foi descoberta. – Desculpe – Clara ouve a amiga dizer. – Sim, eu sei que estou em uma palestra, mas é uma emergência!

– Ai, meu Deus! – diz Clara.

– Pois é, ai, meu Deus! – repete Katja baixinho. – Como assim, desempregada?

– Niklas me aconselhou a ir embora. Nosso concorrente direto nos tirou um de nossos clientes mais importantes.

– Que merda! – sussurra Katja. – E agora?

– Sei lá. Acho que vou fazer faxina...

– Ah, querida. Não diga besteira. Todo mundo sabe como você é competente. Ele só quer se livrar de você porque é a funcionária mais cara dele, o que, diga-se de passagem, é um escândalo se levarmos em conta seu salário ridículo e suas inúmeras horas extras. – Katja volta a elevar a voz.

– Sim, mas acredito que ele realmente não possa fazer nada. Por enquanto, só pôs a questão na mesa. Afinal, sou a funcionária com mais tempo de casa. Justamente por isso, ele não me mandaria embora por uma simples necessidade da empresa, mas apenas se eu entendesse essa situação como uma oportunidade.

– Foi *ele* que disse isso? Com toda essa habilidade?

– Bem, recentemente mostrei meus quadros a Niklas. E ele disse que eu deveria aproveitar mais meu talento em vez de desperdiçar meus dias na frente do computador.

– Humm, não é de hoje que acho que você deveria sair desse lugar, que é devagar, quase parando. Vai estar em casa hoje à noite? Então, passo para ver você, e assim trocamos umas ideias, ok? O pessoal já está me olhando feio aqui...

– Ok, obrigada. Até mais tarde! – diz Clara um pouco aliviada, surpreendendo-se por também ter sussurrado durante toda a conversa.

A mão de Clara treme quando ela entra à noite no restaurante de Beppo. Tentou dissuadir Katja dessa sugestão, mas a amiga achou que já estava na hora de enfrentar os lugares do seu passado.

Talvez o mal-estar se deva simplesmente ao fato de ela não ir até lá há uma eternidade. Tem medo de descobrir algo que a faça cair novamente em um buraco profundo e possa acabar com o entusiasmo dos últimos tempos.

Só o revés de hoje, a possibilidade de ficar sem renda de repente, já lhe causa uma enorme preocupação. Teme que o novo e frágil ânimo, sentido por ela há algumas semanas, acabe se transformando em uma próxima depressão. Mas talvez Katja consiga lhe dar um pouco de sua energia e de seu otimismo.

Para variar, sua amiga está atrasada, e Clara relê o cardápio de cima a baixo, embora não esteja com fome.

Quantas vezes não ficou sentada ali com Ben, dividindo um antepasto misto! Sempre brigavam pelo pimentão que sobrava no meio do prato e que por fim dividiam irmãmente. Na maioria das vezes, Clara ficava tão satisfeita com o antepasto que Ben tinha de comer sozinho os dois pratos principais.

"Talvez Lisbeth e Katja tenham razão", pensa Clara, enquanto olha com impaciência para a entrada. De alguma forma, ela precisa tentar fazer desse limão uma limonada. Já que nunca mais vai se sentar com Ben a essa mesa, tem de tentar guardar no coração todos os objetos, acontecimentos e lugares familiares, como o restaurante de Beppo. Deveria estabelecer novos vínculos que não a machuquem, mas a façam se sentir bem. Precisa passar por novas experiências positivas, para que sua cabeça possa parar o quanto antes de sempre dividir a vida em um "antes" e um "depois".

Justamente quando Beppo lhe pergunta de novo se pode fazer alguma coisa por ela enquanto espera, Katja entra correndo.

– Desculpe, querida. Fiquei um bom tempo sentada no carro, falando ao telefone.

– Com algum rapaz bonito, hein? – pergunta Beppo rindo, sem esperar uma resposta.

Irritada, Katja o observa voltar para a cozinha e depois se concentra em Clara.

Após duas garrafas de *prosecco*, os assuntos amorosos de Katja e as perspectivas de Clara em relação a um possível recomeço profissional já parecem bem mais promissores.

Beppo também se mostra entusiasmado com a possibilidade de ajudar Clara e lhe oferece espontaneamente as paredes de seu estabelecimento para que ela possa expor seus quadros.

– *Bella!* – exclama Beppo, contente, ao retirar os pratos. – Mesmo que você só desenhasse uns rabiscos, eu faria tudo por você, querida, mas seus quadros são lindos. Meus clientes vão adorar você!

Clara chega a lhe mostrar no celular algumas fotos da sua série sobre a lua. Em seguida, ele pega seu rosto magro e cheio de incertezas com as duas mãos, beija a face direita e a esquerda e declara:

– *Bambina*, fico feliz. Você é uma boa moça. Acredito em você.

Depois, diz para Clara e Katja se sentarem com ele à mesa e provarem o *crème brûlée* que acabou de fazer.

Quando Clara volta para casa, tem a sensação de que vai explodir. No entanto, está tão feliz e motivada com todo o incentivo de Katja e Beppo que gostaria de começar a trabalhar nesse mesmo instante.

Em pensamento, também acrescenta Ben ao grupo de apoiadores e logo começa a fazer uma longa lista: "O que ainda quero alcançar na vida?", pergunta-se. "O que sempre quis experimentar? De quais projetos eu me arrependeria no final da vida por não ter ao menos tentado colocar em prática?"

Clara prepara mais um chá e reflete. Há muitos anos sonha em desenvolver um estilo de pintura próprio e inconfundível. Quer que as pessoas se comovam e se identifiquem com sua arte, a ponto de desejaram pendurar suas obras em suas salas de estar. Sempre que coloca as telas lado a lado no longo corredor para apreciá-las, é invadida por uma felicidade extraordinária. Nesses momentos, tudo ao seu redor perde a importância e se torna distante. Ela entra em harmonia consigo mesma e com o mundo.

Não deveria pensar seriamente em uma carreira como pintora? De repente, Clara sente uma energia muito positiva.

"Meus quadros com a lua são apenas o começo", pensa. "Estou sentindo isso!"

Até mesmo a preocupação com a segurança financeira lhe parece pequena. Mal pôde esperar para pôr em prática todas as suas novas ideias. Mas será que conseguiria viver da venda de seus quadros? Com exposições ou encomendas?

Niklas lhe garantiu que ela poderia inicialmente trabalhar para ele como *freelancer* e, assim, ter condições de contornar os eventuais problemas enfrentados por trabalhadores autônomos. Também poderia utilizar as instalações da agência depois de deixar a empresa. Niklas parece ter pensado muito na melhor forma de ajudá-la a sair do emprego e facilitar o processo. E se ele de fato cumprir o que lhe ofereceu, Clara poderia economizar um bom dinheiro na produção de prospectos, na configuração de um *site* e de outras iniciativas publicitárias.

Já podia contar com uma primeira encomenda oficial: Beppo lhe pediu cem aquarelas com motivos de Lüneburg para presentear seus clientes.

Por sua vez, isso deu a Katja a ideia de também disponibilizar a seus clientes particulares obras acessíveis, que poderiam ser encomendadas. Segundo ela, a loja de fotos de grávidas nuas e recém-apaixonados está fazendo um enorme sucesso. Portanto, talvez isso também funcione com os quadros.

Clara reflete: se for habilidosa e conseguir fazer um nome ao menos em Lüneburg e Hamburgo, talvez até possa preencher uma lacuna muito especial no mercado. Além disso, também poderia angariar clientes pela internet. Bastaria que o interessado lhe enviasse uma foto por *e-mail* para ela ter a base para produzir um retrato, um nu ou outros presentes personalizados.

Além disso, Katja lhe sugeriu criar uma rede por meio de portais como Xing ou trocar ideias com pessoas que tenham os mesmos interesses. Ela mesma já conseguiu muitas encomendas graças a contatos assim. Na segunda garrafa de *prosecco*, Katja quase pulou de alegria quando teve a ideia repentina de oferecer também a seus clientes um portfólio mais amplo. Poderia aumentar o programa padrão dos serviços prestados como arquiteta de interiores, com propostas concretas, como o destaque de poucas cores para dar um toque bem pessoal e especial aos ambientes, por exemplo com obras de arte de Clara, produzidas de forma personalizada. Como não podia deixar de ser, Katja foi mais além com suas ideias e pensou nas maravilhas que poderia fazer com o rendimento extra. No entanto, Clara freou um pouco sua euforia. Afinal, não tem condições de começar tudo ao mesmo tempo e primeiro precisa de um planejamento bem elaborado para uma estreia como artista e *designer* gráfica autônoma.

Por isso, por ora planeja selecionar todo o material. Clara acredita que terá de fazer uma grande arrumação em seu apartamento, pois, quando se mudou para lá com Ben, teve de guardar todas as caixas e todos os quadros no fundo do longo e estreito depósito. Nunca poderia imaginar que voltaria a ter uma razão importante para recorrer a elas tão rápido que não fosse para buscar ferramentas, vasos ou utensílios para a bicicleta.

De repente, é tomada pela curiosidade. Embora já esteja tarde, por que não descer até lá?

Clara pega um blusão e a chave do depósito e desce a escada.

Porém, ao entrar no cômodo meio embolorado, sente no mesmo instante uma pontada no peito. Ali está a bicicleta de Ben. "Óbvio, ela não poderia se dissolver no ar", pensa, tentando se acalmar. Ben fez inúmeros passeios com ela em Lüneburg e nos arredores. Sobretudo pouco antes de morrer. E somente agora Clara se dá conta de que, nos últimos meses, não pegava muito o carro dela, talvez porque estivesse consumindo mais drogas do que antes.

Também fazia tempo que Clara não se lembrava mais da bola de basquete, que agora rola diante de seus pés. Embora Ben fosse um dos jogadores mais baixos do seu time, conseguia saltar mais alto do que os outros.

Depois da música, o basquete era seu maior *hobby*. Porém, cerca de um ano depois que se conheceram, ele não quis mais treinar. Hoje ela vê essa decisão sob outra luz. Na época, Ben afirmou que não se dava muito bem com o novo treinador.

Clara olha para todas as outras coisas que repentinamente a lançam de volta ao passado, e se pergunta se é possível olhar para trás de maneira objetiva. A senhora Ferdinand também lhe deu a entender que a única coisa que ela pode fazer é imaginar sua própria verdade sobre o que de fato aconteceu com Ben. Mas, se fizer isso, como seria essa verdade?

Seria um suicídio pior do que um acidente? Ou o contrário? Suicidar-se para fugir de uma vida insuportável é menos trágico do que morrer de forma involuntária, apenas em razão de um acaso insuportável?

Clara se agacha e cobre o rosto com as mãos.

Não quer chorar. Quer sair da escuridão de uma vez por todas, buscar a luz.

Quer seu passado colorido de volta; por isso, tem de descobrir qual o caminho mais direto para chegar às suas telas.

Como nenhuma caixa está identificada, não lhe resta alternativa a não ser dar uma olhada rápida em todas. A maioria contém apenas louça velha ou quinquilharias que não servem a ninguém, assim como essa caixa com inúmeros cabos. Clara não tem a menor ideia do que Ben faria com eles. Decide levá-la para cima e dá-la a Knut qualquer dia desses, na esperança de que os rapazes se animem a continuar com os "Chillys".

Quinze minutos mais tarde, consegue encontrar uma tela envolvida em um lençol velho. Retira o pano, e um magnífico vermelho vivo faz Clara sorrir, mesmo à luz fraca do depósito. Pega o quadro. Nele se veem gigantescas papoulas, que a impressionaram em uma das muitas férias que passou com os avós no Mar Báltico. Com poucas e grandes pinceladas, apenas insinuou as flores. Ao observá-las, Clara logo é transportada a um tempo em que tudo era mais colorido.

Sven

Faz dez dias que Mô não dá sinal de vida. Aos poucos, a impaciência de Sven faz que ele aja sem pensar. Pelo menos foi o que Hilke lhe demonstrou, com arrogância e um largo sorriso.

Ele já bisbilhotou nove bairros de Hamburgo com sua bicicleta, na vaga esperança de que o acaso o levaria a uma pista de Mô. Embora tente se convencer de que esses passeios e desvios sejam apenas uma preparação adicional para seu triatlo, no fundo sabe muito bem que seria capaz de fazer coisas ainda mais absurdas para encontrar essa misteriosa desconhecida.

"Mas por que Mô moraria justamente em Hamburgo? Poderia muito bem viver em outra cidade ou localidade da Alemanha", suspira Sven.

Nos últimos dias, sempre que teve uma oportunidade, Sven pesquisou na internet possíveis referências a exposições com quadros que tivessem a lua como tema. Fez buscas até mesmo no eBay sobre quadros desse tipo.

Contudo, até o momento, todo esforço foi em vão. Mesmo os inúmeros restaurantes italianos que procurou não o levaram muito longe.

David, que tal como Hilke continuava a acompanhar a história com interesse, insistiu para que ele ligasse para Mô de uma vez. Ele deveria se apresentar como jornalista e pedir-lhe uma entrevista. Bastaria dizer-lhe que ficou sabendo de sua intenção de trabalhar como autônoma. E se desse um jeito de ressaltar que essa reportagem gratuita teria um inestimável efeito de propaganda, nada poderia dar errado. Teria apenas de apresentar seu interesse com seriedade suficiente.

"Se fosse fácil assim", pensa Sven ao apagar a luminária da sala. Pensativo, olha para a escuridão. A chuva bate com tanta força nas janelas grandes e no telhado plano que todo o *loft* é preenchido por um maravilhoso som.

Sua imagem se reflete no vidro, e Sven observa seu rosto por um bom tempo. Parece cansado. Mas gosta da barba que começou a crescer há alguns dias e que lhe dá um aspecto de homem mais maduro.

De repente, senta-se. "Se Mô não der notícia até domingo à noite, viro esse jogo e ligo para ela", decide. Então, sorri para sua imagem refletida.

Clara

Depois de um longo passeio pelo bairro de Wilschenbruch, Clara se senta em um banco à margem do rio e olha para a água. Está exausta. Na mão, tem um envelope alaranjado. À sua frente, o rio Ilmenau flui tranquilamente. Dali, ele continua seu percurso em meio à agitação colorida do centro medieval de Lüneburg, para finalmente desaguar no Elba.

Ainda há poucas semanas, quando observava com Dorothea a água cinzenta junto ao porto de Hamburgo, a morte de Ben ainda era obscura. Somente hoje parece ter ganhado uma clareza tranquilizadora e, ao mesmo tempo, angustiante. Uma clareza sobre a razão que teria feito Ben se jogar da sacada.

Nos últimos dias, Clara tem se comportado de maneira automática, como no período entre a notícia da morte e o enterro. A euforia inicial que sentiu com seus planos de carreira como pintora logo se apagou quando ela descobriu a espessa pasta na caixa com utensílios de música. Na frente da pasta de papelão estava escrito em letras garrafais "Particular" e, embaixo, a frase "Por favor, NÃO ler!".

Inicialmente, Clara hesitou em abrir a pasta para verificar se a confidencialidade se devia a uma mera ideia infantil ou se, de fato, Ben queria deixar claro que as coisas ali contidas diziam respeito apenas a ele. E se perguntou se a família de Ben teria direito a receber informações de sua vida íntima.

No entanto, na mesma noite, criou coragem, abriu o fecho com mãos trêmulas e espalhou o conteúdo da pasta sobre a cama. Surgiram anotações, parecidas com as de um diário, algumas fotos, letras de canções de Ben, cartas antigas e cartões-postais. Enquanto folheava os papéis, Clara compreendeu de que tipo de documentos se tratava. Pelas datas, viu que eram testemunhos de vários anos. De repente, entendeu que esse "testamento" não poderia ser ignorado. Por outro lado, não era capaz de ignorar o pedido de Ben para que os documentos não fossem lidos; não queria apunhalá-lo pelas costas. Respeitar os desejos dele não seria muito mais importante do que qualquer outra coisa?

Clara tinha medo sobretudo de descobrir algo que pudesse abalá-la. Rapidamente, refletiu se talvez Katja ou Dorothea...? Mas sentiu que não era correto.

Nessa noite, passou horas virando de um lado para outro na cama. Apenas nas primeiras horas da manhã decidiu que o melhor seria confiar a pasta a uma pessoa que não tivesse conhecido Ben. Teria de ser alguém que fizesse uma leitura cuidadosa e fosse capaz de avaliar se as anotações poderiam, de fato, ajudar os familiares de Ben. Assim, respeitaria seu desejo, ao menos em parte.

De repente, a solução para o problema pareceu bem próxima. De manhã cedo, Clara ligou para sua terapeuta e lhe perguntou se ela estaria disposta a ler as anotações em busca de evidências. A senhora Ferdinand a atendeu com gentileza, mas foi firme ao pedir um tempo para pensar. Contudo, ligou no mesmo dia, na parte da tarde, para dizer que achava a ideia de Clara pertinente e boa.

Em um primeiro momento, depois de entregar a pasta no consultório, Clara ficou aliviada porque aquelas anotações já não a assombrariam no apartamento. Porém, também na noite seguinte teve um sono agitado. Mal podia esperar para saber o que a senhora Ferdinand diria, embora na verdade tivesse muito medo do que talvez viesse a descobrir. Não parava de imaginar o que as anotações poderiam revelar sobre o estado e a condição psíquicos de Ben.

Já na manhã seguinte, recebeu a ligação da senhora Ferdinand, que lhe pediu para ir a seu consultório. Clara avisou a Antje que chegaria um pouco mais tarde no trabalho e se pôs a caminho.

Com os joelhos trêmulos, entrou na sala da senhora Ferdinand, que normalmente lhe parecia quente e segura. Como em todas as sessões, a terapeuta ofereceu a Clara um chá e lhe pediu para que se sentasse. Segurava o envelope alaranjado, sem nenhuma inscrição, que já havia despertado a atenção de Clara quando ela examinou a pasta de Ben pela primeira vez.

A senhora Ferdinand colocou a carta sobre a mesinha de centro entre elas e disse com um sorriso suave:

– Esta carta é para você. Seu namorado a escreveu há mais de um ano, mas talvez ela contenha algumas respostas às suas perguntas.

Clara ficou sem ar. Não sabia o que deveria sentir, pensar ou dizer.

– É uma carta de despedida – continuou a senhora Ferdinand. – E mesmo que Ben não a tenha deixado diretamente para você, acho que você deveria lê-la.

– Então, aí está escrito que ele queria se matar? – perguntou Clara com voz rouca.

– Não exatamente. Mas acho que agora podemos partir do princípio de que ele não queria a vida que tinha. Em suas anotações também há muitos indícios do que eu já suspeitava. Não importa se, no final, foi um acidente em decorrência do alto consumo de drogas ou se ele se jogou porque quis. Ao que parece, seu namorado estava buscando em vão uma maneira de conciliar seu lado obscuro com seu lado resplandecente.

Clara engoliu em seco. Sentiu que as lágrimas chegavam aos seus olhos.

– Senhora Sommerfeld, sugiro que fique com esta carta e entregue todos os outros documentos à família dele, para que seus parentes possam decidir o que fazer com isso. Não assuma essa responsabilidade sozinha!

Também agora, sentada no banco, essas palavras continuam a ecoar na cabeça de Clara, que olha fixamente para a água, como se estivesse hipnotizada. Não consegue parar de pensar na briga horrível que teve com Ben na noite em que o viu pela última vez. Disse-lhe que ele não era capaz de assumir nenhuma responsabilidade e o criticou por não tomar as rédeas da própria vida. Embora se arrependa profundamente de todas as suas palavras, cedo ou tarde ele teria se afastado dela, mesmo sem uma crítica explícita. Ela nada podia fazer contra o poder de seu mundo obscuro.

Ainda segura a carta de despedida de Ben. Em um impulso, decide finalmente abri-la.

Com os dedos trêmulos, retira do envelope um papel branco, escrito à mão, e começa a ler:

Querida Clara!

Quando você ler isto, já não estarei aqui. Sinto muito ser covarde demais para dizer a verdade pessoalmente.

A verdade é que, desde os meus 15 anos, eu não penso em outra coisa a não ser em me drogar. Vou de uma viagem a outra, e entre elas ouço esse assobio, que não consigo mais suportar.

Não quero continuar a arrastar você para a minha vida arruinada. E você também não tem de se preocupar mais comigo do que eu mesmo. Eu me odeio. Eu me odeio por tudo e, principalmente, por não conseguir amar você como merece.

Siga seu caminho. O meu está no fim.

Se cuide bem, ouviu?

Ben

Clara chora por um bom tempo, sem soluçar e em silêncio. Por fim, respira fundo várias vezes. Depois, olha rapidamente para o céu nublado e faz um barquinho de papel com a carta.

Sabe que vai conservar as palavras de Ben em seu coração. Contudo, quer se livrar do papel, pois sem dúvida ele mostra o quanto era pouco que ela conhecia o homem com o qual queria se casar e como tão frágil deve ter sido o alicerce sobre o qual estabeleceram seu amor.

Clara dá alguns passos até a margem, retira seu anel do dedo, beija-o com delicadeza e o coloca na ponta do barquinho. Com cuidado, põe o papel na água. Inicialmente, ele ameaça se inclinar para o lado e afundar, mas depois de um pequeno giro, a água o impulsiona para a frente. Com movimentos curtos e intensos, ele finalmente encontra seu caminho rio abaixo.

Com o olhar perdido, Clara acompanha o ponto branco se afastar. Quando o barquinho desaparece de seu campo de visão, no fim de uma curva, uma pequena lacuna se abre repentinamente entre as nuvens, deixando passar a luz do sol.

No final da tarde, que Clara acreditava que seria triste e sombria, finalmente apareceram alguns raios de sol por entre as nuvens cinzentas. Com um sorriso tímido e as pernas bambas, põe-se a caminho de casa.

Sven

Ao atravessar de carro as pontes sobre o rio Elba em direção ao Sul, Sven desata a rir, para sua própria surpresa. Ainda não consegue acreditar que encerrou o expediente mais cedo e pediu o carro de Hilke emprestado.

– Lüneburg! Muito provavelmente é em Lüneburg!

Com essas palavras, cumprimentou a colega de manhã no escritório. Agitado como um menino, contou-lhe sobre o último SMS de Mô.

– Na realidade, ela se chama Clara. Clara com C. Portanto, deve ser a mesma Clara que queria cuidar daquele Theo.

Seguro de si, ignorou quando Hilke sorriu para ele com atrevimento e o acusou de ter se apaixonado por uma desconhecida e estar com ciúme. Pouco lhe importava que ela risse dele. A única coisa que lhe interessava era saber se Hilke estaria disposta a renunciar ao próprio carro por uma noite.

Obviamente, ela gostaria de acompanhá-lo. Mas Sven está feliz por ela ter sido convidada com o marido para visitar a sogra, de modo que ele pôde fazer sua busca com toda a tranquilidade, sem ela ficar buzinando em seu ouvido.

Nesse momento, está a caminho de Lüneburg para investigar o paradeiro de Mô. O fato de o automóvel que o levará à desconhecida ser um justamente um velho Opel ridículo atenua um pouco sua euforia de adolescente. No entanto, desde o SMS do dia anterior, não pensa em outra coisa a não ser em ceder à emoção e cometer uma loucura, algo que o faça se sentir vivo e que nunca havia pensado que fosse capaz de fazer.

Por um breve momento, olha para a água cintilante e não pode deixar de pensar nas palavras escritas por Clara. Embora a última mensagem o tenha comovido tanto quanto a maioria das outras, ela tinha algo diferente. Ecoava uma Mô repleta de nostalgia ingênua e de palavras sentimentais. Ao mesmo tempo, mostrava uma Clara que parecia ser uma pessoa adulta e experiente, que Sven sempre imaginara haver por trás de Mô.

O horário em que recebeu o SMS também era novo. Enquanto Sven buscava mentalmente as palavras adequadas para quando resolvesse ligar para ela, seu telefone tocou. Fazia dias que não desgrudava os olhos dele.

Embora ainda não tenha nenhum plano para seus próximos passos, sente-se otimista, pois ao menos o mundo de Clara está um pouco mais próximo.

Na verdade, durante todo o tempo esteve bem mais próximo dela do que ousaria esperar!

Lüneburg fica a menos de 50 quilômetros de Hamburgo, e Sven se pergunta por que nunca mais visitou essa pequena cidade hanseática desde uma excursão escolar que fez, muitos anos atrás. Afinal, é a cidade da Europa com a maior concentração de bares. Pelo menos foi o que Sven descobriu ao pesquisar na internet todos os restaurantes italianos da região que expunham quadros.

Enquanto percorre a rodovia 250, imagina-se perguntando a uma jovem na rua onde pode encontrar um bom restaurante italiano. Em sua fantasia, ela o acompanharia espontaneamente até lá e, por fim, se revelaria ser Clara.

Sven não pôde deixar de sorrir com esses pensamentos tolos. Aumenta o volume do rádio, embora a música que está tocando não lhe agrade. Mas acha igualmente monótona a pobre coleção de CDs de Hilke, que não oferece nada além de temas de musicais e *rock* romântico de baixa qualidade. Contudo, nessa noite, isso não o incomoda, pois tudo é diferente. Sente-se tão carregado de energia que seria capaz de correr espontaneamente uma maratona em três horas.

Ao passar por Winsen, Sven é brevemente acometido por algumas dúvidas. Não seria mais inteligente voltar de mãos vazias para casa? O que vai acontecer se sua busca der certo e ele de fato se vir de repente frente a frente com a verdadeira Clara? O que vai dizer? Será que vai achá-la simpática? E se, além de ter uma aparência medíocre, ela também for medíocre? Ou, pior ainda: e se Clara for tão linda que ele se veja incapaz de pensar em algo inteligente para lhe dizer e acabe parecendo um paquerador grosseiro?

Enquanto essa e muitas outras possibilidades passam por sua cabeça, o tempo parece correr tão rápido que ele até se assusta quando vê uma placa com a inscrição "Lüneburg Norte". Segue em direção ao centro, até parar em um semáforo vermelho. Sven hesita. Seria um sinal para que volte imediatamente?

No entanto, como em êxtase, acelera quando a luz verde se acende. Menos de cinco minutos depois encontra uma vaga de estacionamento em uma pequena praça, bem ao lado da zona de pedestres. Antes de descer do carro, olha para a tela do telefone para ler novamente a mensagem de Clara.

> Ah, Ben, sinto muito, muito mesmo por não ter podido ajudar você. Caso haja algo a ser perdoado, eu o perdoo. E prometo fazer isso da melhor forma possível. Agora suas palavras se dissolvem no rio Ilmenau, mas sempre levarei você em meu coração. Clara.

As palavras o comovem. "Será que Clara também poderá me perdoar?", pergunta-se Sven. "Afinal, estou espionando a vida dela."

Respira fundo, desce do carro e começa a caminhar.

Clara

— Este aqui! Não pode deixar de incluí-lo! – diz Karin, com orgulho. Seus olhos se iluminam quando ela ergue a tela quadrada que mostra um trecho de praia em Hohwacht, em cores vivas e abstratas.

Clara não gosta muito desse quadro. Pintou-o quando se sentiu novamente abandonada pela mãe e se lembrou das férias no Mar Báltico. Embora naqueles dias tenha desfrutado dos passeios com Lisbeth e Willy, sempre pairavam no ar críticas e repreensões veladas.

Sua avó nunca dizia nada, mas exprimia com olhares e gestos que não compreendia a nora. E seu avô, sussurrando atrás da porta fechada do quarto do apartamento de férias, reclamava com Lisbeth que não entendia por que Karin deixava tantas vezes a filha pequena sozinha, em um momento em que a menina precisava da mãe mais do que nunca.

Essa seria uma boa ocasião para conversar abertamente com sua mãe a respeito, pensa Clara ao fitar o quadro, perdida em pensamentos. No entanto, desde que descobriu a carta de Ben, não tem energia para nada, menos ainda para discutir.

Embora nas últimas semanas o início do verão tenha se mostrado agradável, Clara se sente como no pior período do ano, quando o inverno desencadeia uma melancolia que ela teme não desaparecer mais.

— Ei, o que você tem? – pergunta sua mãe de repente. Aos ouvidos de Clara, a pergunta soa como uma provocação. Gostaria muito de dizer tudo o que está entalado em sua garganta: meu namorado morreu, tenho uma mãe sem coração, em breve estarei desempregada e nunca mais vou encontrar um homem com o qual poderei ter filhos. Estou me sentindo terrivelmente sozinha!

Em vez disso, diz apenas:

– Ah, nada. Só estou cansada.

– Não é de admirar. Você tem dormido tão pouco! Também não anda se alimentando direito, não é?

– Não sei o que estamos fazendo aqui – resmunga Clara em voz baixa.

Sua mãe tenta arrancar um sorriso dela:

– Ah, querida. É natural ter dúvidas. Mas você está no caminho certo para fazer do seu *hobby* uma profissão. E isso é maravilhoso! Qualquer um sentiria inveja de você por uma oportunidade como essa.

– Eu sei. Não quero parecer ingrata, mas e se eu estiver jogando todo o dinheiro de Lisbeth e Willy no ralo? – Clara já não consegue ficar em pé. Suas pernas cedem. Lentamente, desliza junto da parede e se agacha no chão do longo e estreito corredor do seu apartamento. Nessa posição, se sente menor do que já é. Não pôde deixar de pensar nos sorrisos esperançosos de Lisbeth e Willy quando lhe anunciaram com orgulho que gostariam de usar a herança que receberam para apoiar Clara como pintora.

– Mas eles estão felizes por dar a você o dinheiro! Nem contavam com essa herança, e menos ainda que fosse tão generosa. Você pode fazer algo realmente útil!

– Ah, e se eles utilizassem esse dinheiro para viajar pelo mundo? Não seria mais útil?

Sua mãe se ajoelha ao seu lado e olha para ela com carinho.

– Mas querida, o que você faria se estivesse no lugar deles? Não acha que eles dariam tudo para ver você bem de novo?

De repente, Clara se sente ainda menor. Gostaria que a pegassem no colo para que pudesse apenas dormir. Sua mãe nunca a deixará sozinha de novo. Clara está completamente confusa. Todos os quadros ao seu redor são repletos de emoções e, no entanto, representam para ela sempre os mesmos sentimentos.

– Por que você sempre me empurrou para eles? – deixou escapar de repente. Não consegue olhar a mãe nos olhos e esconde o rosto com as mãos.

– Eu o quê? Empurrei você? – pergunta Karin tão baixo que Clara mal consegue ouvi-la. – Achei que você sempre tivesse gostado de ficar com seus avós!

Clara levanta a cabeça olha diretamente nos olhos da mãe. Sua expressão é sombria.

– É claro que eu gostava. Eles sempre estiveram ao meu lado quando precisei deles.

Por um breve instante, reina o silêncio.

– E eu não estava ao seu lado? – pergunta a mãe de Clara, perplexa, sentando-se no chão ao lado da filha.

Clara engole em seco. As lágrimas sobem aos seus olhos, mas ela tenta reprimi-las da melhor maneira.

Karin continua a perguntar:

– O que está passando pela sua cabeça? Fale comigo!

– Ah, que importa! Você não liga mesmo.

– O quê? O que eu te fiz? Eu disse alguma coisa errada?

– Você não disse absolutamente nada! Esse é o problema... – Clara olha para a mãe com raiva.

– Santo Deus! Mas o que eu deveria dizer?

– Por exemplo, por que você deu no pé quando o papai morreu!

Karin precisa digerir essas acusações antes de poder responder. Levanta-se, olha para Clara e diz com seriedade:

– Então, você acha que tirei umas belas férias enquanto você chorava sozinha com Lisbeth e Willy?

Envergonhada, Clara olha para o chão. Uma lágrima escorre por sua face, e ela encolhe os ombros.

– Mas você sabe que eu precisava me afastar de tudo aquilo. Sempre pensei que, com eles, você estaria nas melhores mãos.

– Mesmo assim, eu estava sozinha.

– E eu, sobrecarregada. Como eu poderia ficar ao seu lado se eu mesma não sabia como seguir em frente?

– Não venha com essa agora! Você bem que ficou feliz quando o papai finalmente foi embora!

– Clara! – grita Karin de um modo que sua filha nunca tinha ouvido.

Clara se levanta, posta-se na frente de Karin e diz:

– Com exceção do enterro, não vi você chorar, nem uma única vez!

No mesmo instante em que diz isso, Clara se arrepende de suas duras palavras e morde o lábio.

Os cantos da boca de Karin tremem. Perplexa, ela fita Clara e põe a mão em seu braço.

– Clara, por favor, acredite em mim. Ainda sinto um nó na garganta sempre que penso no sofrimento do papai. De fato, fiquei aliviada quando ele finalmente se foi, mas o amo até hoje, assim como amo você! – Sua voz também treme. Após um instante, ela continua: – Não imagina quantas vezes chorei em silêncio quando você já estava na cama.

Clara expira ruidosamente o ar que havia prendido por um tempo e pergunta:

– Mas por que você nunca disse isso?

– Sempre cuidei para que você não soubesse coisas demais. Isso começou quando o papai me suplicou para não te contar nada da doença dele enquanto fosse possível. E ele tinha razão. Queríamos te poupar o máximo possível de toda preocupação!

– Mas isso só piorou as coisas.

– Ah, querida, venha cá – sussurra sua mãe, pegando a filha nos braços com ternura, mas também com tanta força que, por um instante, Clara se sente uma menina pequena e frágil.

De repente, já não encontra palavras para tudo o que ainda quer dizer à sua mãe. Não consegue evitar o choro. Porém, pela primeira vez em sua vida, sente que sua mãe a compreendeu, mesmo sem ela lhe dar longas explicações inúteis.

Karin acaricia seus cabelos e continua a falar em voz baixa:

– Eu sei que, na época, não fiz tudo certo, mas, como toda mãe, sempre quis o melhor para minha filha! Você também tentaria proteger sua filha da melhor maneira possível.

– Mas provavelmente nunca vou ter filhos! – diz Clara fragilmente, pois ainda está com o rosto aninhado no ombro de sua mãe.

– É claro que vai, se quiser. Vai encontrar um novo amor. Um amor diferente, mas que com certeza vai dar a você um filho. E tomara que seja um filho tão encantador como você. Justamente por isso Lisbeth e Willy estão dando o dinheiro, porque eles sabem que, com você, estará em boas mãos e porque amam você mais do que tudo.

Clara já não consegue se conter. Não pronuncia nem uma sílaba sequer. Soluça com tanta força que mal consegue respirar.

Até encontrar coragem para contar à sua mãe sobre sua preocupação de não ter filhos, Clara não tinha muita consciência da importância que dava a esse assunto. Sempre pensou que, ao aceitar se casar com Ben, automaticamente concordava em ter filhos, pois era o que ele também queria. Clara sabia disso.

Já em seu segundo encontro no Cheers, ficou impressionada com a maneira descontraída como Ben exprimia o que era essencial. Ele a acompanhou até a casa dela, beijou-a apaixonadamente no corredor e deixou que ela lhe mostrasse todos os cômodos do apartamento, inclusive o quarto. Parou diante de uma foto de Clara quando criança.

– Quando eu crescer, também vou querer ter umas pequerruchas fofas como essa. E você?

Ao se lembrar de suas palavras, Clara não pôde deixar de sorrir. Contudo, também sente um gosto amargo na boca. Como eram ingênuos, os dois! Nem uma única vez conversaram em detalhes sobre o assunto, como adultos.

No entanto, durante todos os anos que passou com Ben, nunca duvidou de seu desejo de ter filhos. Ao contrário, sentia pena de pessoas como Katja, que tinham optado conscientemente por não os ter. Embora hoje Clara não tenha paciência para algumas de suas amigas que fazem o mundo girar em torno de seus filhos, ela sempre imaginou que, em seu caso, tudo seria diferente. Sempre quis se dedicar a uma profissão, e não se tornar uma dessas mães que não se interessam por mais nada além de fraldas e roupinhas de bebê. E era muito feliz porque, aparentemente, tinha encontrado em Ben um parceiro que pensava como ela.

Porém, desde que leu a carta de despedida, seu pressentimento tornou uma certeza: filhos significariam responsabilidade, e provavelmente Ben se sentiu muito pressionado com esse assunto. Ou será que ele apenas enxergava mais longe do que ela? Será que sabia ou sentia que ambos ainda estavam muito presos à sua própria infância? Teriam mesmo condições de dar a um pequeno ser a confiança de que ele precisaria?

Clara engoliu em seco. Depois de tudo o que aconteceu nos últimos meses, o desejo de ter um filho se tornou tão remoto que, pela primeira vez na vida, ela já não tem certeza se um dia realmente quis ser mãe. Sente-se como em uma encruzilhada com muitas ramificações, e nenhuma delas tem uma placa indicando o caminho.

Mesmo assim, está feliz por ter sua família, a mãe e os avós. E, nesse momento, Clara se sente invadida por uma gratidão tão grande que abraça a mãe com mais força ainda. Finalmente pôde mostrar-se a ela pequena e frágil. Além disso, é muito grata por ter recebido um presente tão generoso de Lisbeth e Willy. Por algum tempo, poderá pagar o aluguel de um ateliê apropriado, mesmo que sua vida de autônoma não corra como o esperado.

Clara sente uma nova energia percorrer seu corpo. Responde à sua mãe com um gesto conciliador. Já no dia seguinte vai carregar o carro e levar seus quadros mais bonitos ao restaurante de Beppo.

"Talvez eu deva convidar minha família e meus amigos para irem ao Castello", pensa Clara. "No fim de semana, por exemplo, eu poderia comemorar o início da minha liberdade profissional e agradecer a meus queridos amigos e familiares pelo incrível apoio. Na verdade, o próximo sábado seria um excelente dia", continua a refletir. Pois sábado é seu aniversário.

Até esse momento, essa data lhe causava medo. Seria o primeiro aniversário sem Ben e, depois da festa maravilhosa do ano anterior, ela não sabia o que fazer nesse ano. No entanto, desta vez teria um bom motivo até para ficar feliz!

Clara decide contar também a Ben essa boa notícia no mesmo dia.

Sven

Pensativo, Sven olha pela janela do seu escritório para os inúmeros guindastes que realizam seu trabalho incansavelmente. Mais uma vez está pensando em Clara e na noite anterior em Lüneburg.

Percorreu o centro antigo da cidade por mais de três horas. Quanto mais passeava pelas ruas, mais bonita, mas também mais sinistra lhe parecia a atmosfera transmitida por todos aqueles edifícios pequenos, angulosos e medievais. Ao que parecia, era o ambiente apropriado para ele procurar uma mulher que nem sabia como era e tampouco se existia de fato. Embora saiba que há em Lüneburg uma Clara com o coração partido e que, apesar disso – ou justamente por isso –, o fascina tanto, não tem ideia se a imagem que faz dela corresponde, mesmo que apenas aproximadamente, à verdadeira pessoa.

Sven gostaria muito de saber como ela está conseguindo lidar com a situação. Embora não saiba quase nada do relacionamento dela com o famigerado Ben, imagina que Clara exprime o que sente em seus SMS e certamente também em seus quadros.

Curiosamente, nas poucas conversas com alguns transeuntes sobre a pintora chamada Clara, que estava procurando, manteve-se bastante reservado. Como se tivesse medo de se aproximar mais um passo dessa Clara verdadeira.

Contudo, mesmo após duas horas, não conseguiu descobrir muita coisa. Nenhuma pista de uma pintora jovem e talentosa com esse nome. Sven acabou se sentando em um bar.

Nas ruas estreitas se enfileiravam muitos estabelecimentos parecidos. Sven achou o Cheers bastante convidativo. Pediu um filé e uma cerveja e começou a folhear atentamente o jornal local. Pensou que talvez o acaso o conduzisse a uma boa pista.

No entanto, esse acaso só foi acontecer cerca de uma hora e meia mais tarde, quando ele já voltava frustrado para casa, saindo da cidade e tomando a direção da rodovia. Parou em um grande cruzamento, no qual deveria virar à esquerda. Justamente quando refletia se talvez fosse melhor pegar outro caminho, seu celular anunciou a chegada de um SMS.

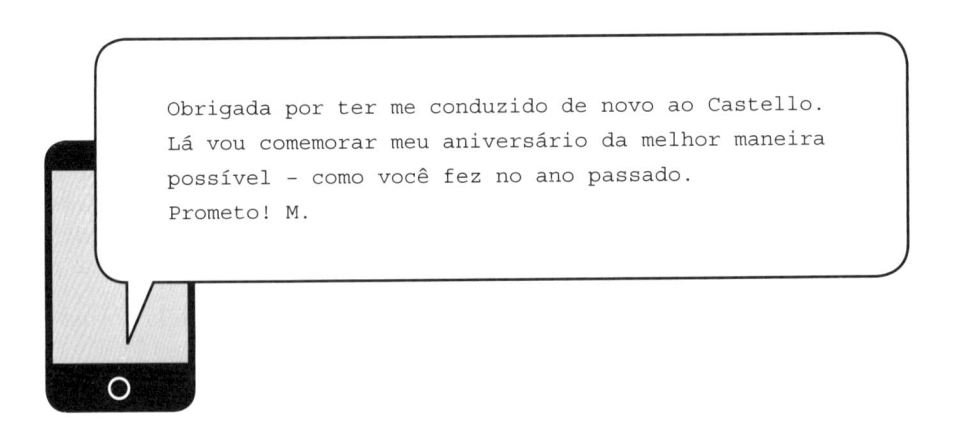

```
Obrigada por ter me conduzido de novo ao Castello.
Lá vou comemorar meu aniversário da melhor maneira
possível - como você fez no ano passado.
Prometo! M.
```

Sven quase deu um pulo de alegria. Sua viagem a Lüneburg não tinha sido em vão! Ia procurar imediatamente esse Castello.

No mesmo instante, o semáforo abriu. Sorrindo satisfeito, disse a si mesmo que era um sinal e partiu. Parou rapidamente no próximo posto de gasolina e perguntou como chegar ao restaurante.

De fato, após mais 30 minutos dirigindo, notou uma placa do lado direito da rua. Em cima de um portão de madeira, lia-se: "Castello – Cozinha & vinhos italianos". Como não estava aceso, Sven diminuiu a velocidade, o que logo fez o carro de trás buzinar. Em uma situação normal, Sven teria reagido com raiva e xingado o motorista. Mas estava tão feliz com sua descoberta que não reclamou e deixou o outro ultrapassá-lo, depois seguiu com atenção pelo longo caminho até o Castello.

Com o coração martelando no peito, foi diretamente ao estacionamento e logo constatou que o restaurante devia estar fechado. Contudo, a sensação de estar no lugar certo era tão fascinante que ele não estava disposto a desanimar.

Desligou o motor e foi até a entrada para ver o horário de abertura. Segundas-feiras, fechado. "Típico", pensou Sven.

Na parede, à esquerda da entrada, havia uma caixa de vidro dependurada, na qual se lia um trecho do cardápio. Como a luz da rua mal iluminava a esquina escura, Sven teve dificuldade para decifrar as letras, mas encontrou tanto uma pizza chamada "Diavola" no cardápio quanto o nome dos proprietários: Giuseppe & Marina Ventorino. "Beppo é o diminutivo de Giuseppe", alegrou-se Sven internamente.

Tentou ver alguma coisa através da pequena janela. Até onde conseguiu enxergar, havia alguns quadros pendurados nas paredes do restaurante, mas nenhum com imagens da lua. Contudo, agora sabia por onde poderia começar a se aproximar de Clara.

Tranquilo e satisfeito, tomou o caminho de volta a Hamburgo. Não pôde deixar de dar um largo sorriso ao sintonizar a estação de rádio e ouvir a canção "Wish you were here", de Pink Floyd. Cantou a plenos pulmões e com excelente humor.

– Afinal, terminou?

É a quarta vez que ouve a irritante pergunta de Hilke. Desvia o olhar dos guindastes no porto de Hamburgo e se vira para sua colega, que vasculha sua bolsa com nervosismo, pois não consegue encontrar a chave do carro.

– Confesse – queixa-se. – Você escondeu minha chave para poder ir a Lüneburg sem a minha ajuda. Não é isso?

Sven lhe lança um olhar de reprovação e entorta o canto da boca. Na verdade, ele ainda precisa terminar de redigir um *e-mail* importante, mas passou o dia inteiro com dificuldade para se concentrar. Mesmo tentando esconder seu nervosismo, tem a impressão de que qualquer um seria capaz de ver a dez metros de distância o quanto ele está agitado.

Em breve irá com a colega a Lüneburg para jantar no Castello. Sven espera saber mais detalhes sobre Clara com o proprietário do estabelecimento. Nessa mesma tarde, conversou ao telefone com Giuseppe Ventorino, que mostrou corresponder ao clichê do italiano extrovertido e não pareceu se admirar com o fato de um jornalista se interessar por quadros que ainda não foram expostos em seu restaurante. Informou-lhe prontamente que a jovem artista exporia suas bem-sucedidas obras a partir da próxima semana. Falou com tanto entusiasmo da *bella ragazza* e de seus quadros que Sven logo pensou que o dono do restaurante, com ar de malandro, tinha em vista não apenas a decoração das paredes nuas de seu estabelecimento, mas também uma polpuda comissão, caso os quadros se vendessem bem.

– Achei! Podemos ir! – diz Hilke, com um tom que soa como o de um comandante do exército.

– Você está me deixando louco! Será que posso terminar de escrever esse *e-mail* para o secretário de Estado? – pergunta Sven no mesmo tom. No entanto, Hilke não se mostra nem um pouco impressionada.

Vinte minutos mais tarde, saem da A1 e pegam a A250 no sentido de Lüneburg. Sven está mais do que contente porque Hilke está dependurada no celular, tentando acalmar a sogra, que discutiu com o filho depois do último almoço em família. Contudo, não agrada a Sven o fato de Hilke estar fazendo isso com as mãos ocupadas, enquanto dirige a uma velocidade de cerca de 220 quilômetros por hora.

Se Hilke continuar correndo dessa maneira, talvez sofram um acidente pouco antes de chegarem ao destino, justo agora que finalmente teve a oportunidade de se aproximar da misteriosa Clara. Com um gesto, ele tenta convencê-la a reduzir a velocidade, mas ela parece ter tanta pressa quanto ele.

"Hilke também está curiosa", pensa Sven. Como não podia deixar de ser, ela estava presente quando ele conversou com Beppo pelo telefone. Contudo, Sven tem de reconhecer que nessa noite ela o está ajudando muito. Mesmo que não consiga esclarecer todas as suas dúvidas, pelo menos estará um pouco mais perto de Clara.

Seja como for, também ficou sabendo por Beppo que o sobrenome dela é Sommerfeld. Se o funcionário do Departamento de Registro Civil de Lüneburg não tivesse sido tão arrogante e tivesse feito vista grossa, Sven já saberia há muito tempo seu endereço ou, pelo menos, sua data de nascimento. Infelizmente, a internet tampouco trazia informações úteis, muito menos alguma foto.

Desse modo, Clara continua sem rosto. Sven gostaria de saber de Hilke se ela acha que é loura ou morena, magra ou gorda, atraente ou antipática.

No entanto, prefere se conter. Embora Hilke tenha encerrado a ligação, a cada carro que entra na frente deles, Sven pisa mentalmente no freio e se contrai ainda mais em seu assento. Já Hilke não se deixa abalar e dirige em tempo recorde seu Opel de uma cidade alemã a outra.

– Está com tanta fome assim para correr desse jeito? – pergunta Sven com cautela.

– Rá! Rá! Rá! Estou tão ansiosa que não conseguiria engolir nada agora – declara Hilke.

– Mas vamos ter de comer alguma coisa. Não podemos simplesmente aparecer como investigadores de polícia e fazer perguntas perturbadoras – diz ele.

– Temos de pegar a próxima saída – limita-se a comentar Hilke.

Aos poucos, Sven se sente realmente desconfortável. Engole em seco. E se Clara estiver lá por acaso? Uma situação como essa o estressaria bastante, sobretudo por estar acompanhado de Hilke, que não para de criticá-lo por ele se comportar como um adolescente diante de sua primeira declaração de amor.

Quando finalmente entram no acesso que conduz ao restaurante e Sven vê o letreiro iluminado, seu coração dispara. A enorme tensão toma o lugar da vergonha que ele sente na presença Hilke, que sempre o examina com seu olhar de raios X quando o assunto é mulher.

Estacionam na frente do restaurante, e Sven acha a entrada estranhamente familiar.

Como um verdadeiro cavalheiro, abre a porta para Hilke, entra atrás dela no estabelecimento e se dirige a um homem baixo e gordo, que corresponde exatamente à imagem que Sven fez de Beppo ao conversar com ele pelo telefone.

– Boa noite, tenho uma reserva.

– *Un momento*, por favor! – diz o homem, acenando para uma garçonete atraente que, com seus cabelos louros, parece tudo, menos italiana.

– Boa noite – diz ela com gentileza. – Reservaram uma mesa?

– Sim, em nome de Lehmann.

Ela verifica no pequeno caderno, risca um registro e diz:

– Queiram me acompanhar, é por aqui. Ou preferem se sentar lá fora, no terraço?

– Não – dizem Hilke e Sven ao mesmo tempo, e se olham, perplexos.

Da entrada, passam para um ambiente aconchegante e decorado com elegância, que conta com cerca de dez mesas, quase metade delas ocupada. Do outro lado do corredor ouvem-se vozes e risadas, supostamente de um grupo maior. "Pelo visto, além desses e dos lugares do lado de fora, há mais ambientes", pensa Sven.

Um tanto desajeitado, tira o casaco depois de Hilke e se senta na frente de sua colega. Enquanto a simpática garçonete acende as velas e pergunta se pode oferecer-lhes um aperitivo, ele olha ao redor. Nenhum sinal dos quadros de Clara. No entanto, ao contrário da noite anterior, todas as paredes estão nuas. Somente de um lado estava pendurado um pequeno espelho emoldurado, com belos castiçais de metal à esquerda e à direita, nos quais ardiam longas velas brancas. No lado oposto, as portas de vidro dividiam o espaço com um relógio de parede bem antigo e duas gravuras emolduradas de Monet.

Hilke parece perceber a decepção de Sven e se dirige sem rodeios à garçonete, que já lhe estende o cardápio.

– Diga uma coisa: me contaram que em breve haverá uma exposição de quadros de uma jovem artista aqui. É verdade?

A mulher sorri e responde:

– Sim, Clara Sommerfeld. Suas obras são muito bonitas. A exposição ainda não foi oficialmente inaugurada, mas alguns quadros já foram colocados no nosso salão de festas, ao lado.

– Ah, obrigada. Será que podemos dar uma olhada? – pergunta Hilke com um sorriso extremamente amigável, e Sven teme que ela se levante no mesmo instante para ir ver.

– Bem, suponho que sim. Mas nesse momento há um grupo comemorando uma festa no salão. Poderiam esperar um pouco?

– Se não for um teste de paciência, tudo bem! – sussurra Hilke para Sven com ironia, e seu sorriso exagerado mostra que ela está se divertindo com o nervosismo dele.

Sven olha furtivamente para o cardápio.

Pouco depois, Hilke volta a sorrir quando pede vinho misturado a água com gás, um *carpaccio* e uma pizza "Diavola" como prato principal.

Sven se sente um pouco estressado e pede precipitadamente o antepasto misto, o filé com gorgonzola, uma cerveja e um uísque.

Surpresa, Hilke olha para ele. Embora Sven sinta a necessidade de lhe explicar por que pediu um uísque, acaba desistindo da ideia, pois a discussão só tornaria a situação mais desagradável. Freneticamente, pensa em qual seria a maneira mais habilidosa de desviar a conversa para assuntos profissionais ou inofensivos. Nesse instante, Hilke se levanta, sorri novamente e diz:

– Preciso ir ao banheiro.

Sven balança a cabeça e mal consegue acreditar no que está fazendo ali. Volta a olhar ao seu redor e, aos poucos, é tomado por uma sensação de bem-estar. Pensa que Clara deve ter bom gosto se esse for realmente seu restaurante preferido. Ao imaginar que ela esteve ali há pouco tempo para organizar a exposição dos seus quadros, chega a sorrir com ar pensativo. De repente, se sente como um garoto que não aguenta de ansiedade, pouco antes de receber seus presentes.

Após uma eternidade, Hilke volta para mesa.

– Fantástico! Legal mesmo. Eu sabia. Essa mulher é muito talentosa!

– Você entrou no salão de festas? – indagou Sven, indignado e querendo afundar na cadeira.

– Não faça essa cara. Ninguém notou.

– E então? Os quadros são bons? – pergunta Sven, sem conseguir esconder sua curiosidade.

– São. E as cores se combinam muito bem. Eu adoraria pendurar algo assim no meu apartamento agora mesmo. Ou no escritório, para variar e ter algo realmente bonito para olhar – responde Hilke, lançando a Sven um de seus beijos atrevidos.

Antes que ele possa responder, a garçonete retorna à mesa com as bebidas, pão e manteiga.

– Um brinde a uma noite de sucesso! – diz Hilke com ironia. Pega sua taça de vinho para brindar com Sven e logo acrescenta uma ameaça: – Ai de você se não aproveitar essa oportunidade!

Depois do antepasto, Sven também precisa ir ao banheiro. Embora Hilke o anime a dar uma espiada na sala ao lado, ele fica no corredor, indeciso. Só desperta de sua letargia quando Beppo passa por ele, com pressa.

– Desculpe, o senhor conhece pessoalmente a artista que está expondo suas obras aqui ao lado?

– *Sì, sì, signore*! Clara Sommerfeld, uma jovem talentosa e muito promissora. Até os repórteres já ligaram procurando por ela! – diz Beppo com o peito inflado de orgulho, como se estivesse falando da própria filha.

Sven pigarreia e hesita em se identificar.

– Ah, sim. Eu também sou jornalista e gostaria de conhecê-la.

O italiano olha para ele com surpresa, examina-o por alguns segundos e diz com um largo sorriso:

– Obviamente não posso lhe dar o número dela, mas o senhor poderá encontrá-la aqui. No sábado vou mimá-la com minha modesta comida. – Beppo continua a sorrir com gentileza e olha para seu cliente com expectativa.

Sven não sabe ao certo o que responder, pois já está pensando no próximo fim de semana.

Beppo continua com simpatia:

– Talvez seja melhor o senhor deixar seu número. Assim, posso passá-lo à *signorina* Sommerfeld.

– Tudo bem – responde Sven rapidamente. Pega a carteira no bolso traseiro da calça e tira um cartão de visita. Entrega-o a Beppo e acrescenta, por precaução:

– Sou jornalista de economia e estou trabalhando em um artigo sobre jovens artistas. Ficaria muito grato se o senhor puder dizer à moça que é um pouco urgente.

Quando Sven volta para a mesa, Hilke arregala os olhos para ele, com ar de interrogação. Pelo visto, assistiu de camarote à sua conversa com Beppo.

– Então, o que achou?

– Sobre o quê? – sorri Sven.

– Vou torcer seu pescoço! – ameaça Hilke. – Os quadros são demais, não?

– Não fui até lá, mas dei um jeito de fazer com que o italiano simpático e gorducho entregue meu cartão a ela. – Satisfeito, recosta-se na cadeira, enquanto Hilke olha para ele, perplexa.

– E agora você vai querer simplesmente esperar e tomar chá?

– Não, cerveja. – Sven pega sua bebida e brinda em silêncio com sua colega.

Hilke revira os olhos, olha rapidamente ao redor e sibila em um tom que não permite prolongar a discussão:

– Vou dizer uma coisa: não vou embora daqui enquanto você não admirar um desses magníficos quadros!

Mas Sven só toma a iniciativa depois de comerem. Fazia tempo que o salão de festas estava vazio, e todas as lâmpadas tinham sido apagadas. No entanto, a luz proveniente da área do balcão ilumina tão bem o salão que ele se atreve a dar alguns passos. Fica surpreso com o tamanho e a quantidade de quadros. Estima que sejam cerca de vinte.

Com passos contidos, dirige-se ao primeiro, pendurado na parede da esquerda. Mesmo na penumbra, o vermelho intenso e profundo que se espalha por toda a superfície parece brilhar. De imediato, seu olhar é atraído pela lua prateada e cintilante que se destaca no fundo com um estranho brilho e transmite certo mistério, mas também muita paz. Cerca de dez centímetros abaixo da pintura, há uma pequena placa: "Lua de sangue, 220 euros".

O olhar de Sven passeia pela margem direita da obra, onde se vê uma inscrição em branco. Aproxima-se para conseguir ler. Encontra apenas "Clara S.", e o modo como o nome foi traçado faz um sorriso surgir em seus lábios.

Clara

"Eu sabia!", pensa Clara quando os convidados do seu aniversário se reúnem ao redor da grande mesa. Todos são pontuais, menos Katja. Achando graça, Clara se pergunta se o atraso da amiga poderia ter algo a ver com as duas grandes surpresas que lhe anunciou.

Fazia tempo que Clara não se sentia tão bem e satisfeita. Olha sorrindo para o grupo e se sente grata por ter a companhia de todas as pessoas queridas. Sua mãe e o namorado dela, Reinhard; Lisbeth e Willy; Dorothea e Bea. Dorothea conseguiu convencer até mesmo a mãe de Ben a aceitar o convite. E Clara está muito contente por finalmente vê-las em uma ocasião feliz. De certo modo, Ben também parecer estar presente nesse dia em que ela exibe seus mais belos quadros com muita alegria e muito orgulho.

Ela está tão agitada que nem sente fome. No entanto, Beppo já começou a servir diversas delícias em enormes travessas de porcelana branca. E como se tivesse adivinhado, nesse momento Katja passa correndo pela esquina. Porém, em vez de se dirigir com alegria ao grupo, acena para Clara ir até ela.

– Querida, me deixe dar um beijo. Desejo a você toda a felicidade do mundo. Você merece! – sussurra Katja em seu ouvido, mas, ao mesmo tempo, abraça-a com tanta força que Clara não consegue entender todas as palavras. Mesmo assim, sente um nó na garganta, mas reprime as lágrimas.

– Obrigada! Mas cadê as surpresas?

Clara se posta na frente da amiga, arqueando as sobrancelhas e cruzando os braços. Teme o pior, considerando-se as ideias malucas já apresentadas por Katja. No entanto, sua amiga tem um brilho tão intenso no olhar que Clara imagina que ela deve ter preparado algo muito bonito.

– Estão ali na esquina. – Katja se vira e grita: – Andy! Pode vir!

Boquiaberta e com os olhos arregalados, Clara fita o homem extremamente atraente que entra no salão, segurando com a mão esquerda um pacote grande e plano, embrulhado em papel de presente. Estende a mão direita a Clara, com um sorriso simpático e um tanto constrangido.

– Feliz aniversário! Sou Andreas. Na verdade, já nos conhecemos por ocasião daquele evento de *speed dating*. Katja me arrastou para cá. Portanto, sou inocente e espero que não haja nenhum problema.

Clara lança um olhar eloquente à amiga e diz:

– Claro que não há nenhum problema. Seja como for, não sei como vamos dar conta de todo esse bufê. Sentem-se!

– Agora mesmo, mas ainda tenho algo a dizer – proclama Katja em tom solene e olha para o grupo, pedindo sua atenção. Pega uma taça de *prosecco* que a garçonete diligente lhe serve em uma bandeja. Em seguida, pigarreia.

– Queridíssima amiga! Todos aqui sabemos que este dia não deve ser fácil para você. Por isso, é ainda mais importante que você saiba o quanto estamos felizes por vê-la sorrir novamente. E o que não consegui com minhas inúmeras tentativas para animá-la, você conseguiu sozinha com seus quadros! Sentou-se, pegou os pincéis, combinou cores e materiais fantásticos, e o resultado está aí. – Katja aponta para as telas, cujas cores intensas criam uma atmosfera agradável. A luz suave das inúmeras velas brancas deixa o ambiente ainda mais acolhedor.

Karin começa a aplaudir, e os outros logo se deixam contagiar e aplaudem também. Katja continua.

– Seja como for, sua pintura conseguiu colocar esse sorriso lindo nos seus lábios, e você pode ter muito orgulho do seu talento. Para que tudo isso não permaneça apenas um agradável passatempo e você possa ganhar um bom dinheiro com seu *hobby*, consultei sua avó e abri para você um ateliê no centro velho. Amanhã você já vai poder visitá-lo. E para que não volte atrás, tenho aqui um pequeno presente para você.

Faz sinal para Andy, que entrega à aniversariante o pacote plano. Clara se sente como em um filme em câmera lenta. Curiosos, Beppo, sua esposa e a garçonete se aglomeram junto à larga porta e, ansiosos como os outros convidados, observam Clara rasgar o papel espesso.

Surge uma placa de acrílico cinza-claro, na qual se lê em letras grandes e sinuosas, de cor azul-acinzentada, a inscrição "Obra & Arte", exatamente como ela havia imaginado em uma das últimas noites inspiradoras.

Clara mal pôde acreditar e fica sem palavras. Abraça Katja e Andy. Os outros convidados aplaudem, animados.

Se pudesse, Clara pararia o tempo para registrar esse momento especial. Talvez assim conseguisse entender todos esses acontecimentos maravilhosos: essa exposição, que poderia ser a primeira de muitas outras em galerias e instalações culturais, e um ateliê próprio no centro velho de Lüneburg. Confia no profissionalismo de Katja. Além do mais, ela conta com o capital inicial necessário e com uma placa incrível. Um primeiro comprador também já ligou para Beppo e se mostrou disposto a pagar inacreditáveis 270 euros por um quadro. E um repórter teria pedido informações sobre ela. Mas o principal são todas essas pessoas queridas ao seu redor, que fazem desse dia tão temido uma ocasião tão bonita.

Clara sente o *prosecco* subir à cabeça. Alegre, sorri e brinda com cada convidado antes de se entregar à deliciosa refeição.

Sven

Do terraço, Sven olha para baixo com curiosidade. Uma multidão de visitantes chega para a festa do bairro, bem como uma grande quantidade de automóveis, que circulam em marcha lenta pelas ruas estreitas ao redor da zona de pedestres. Sempre que vê um motorista buscando em vão uma vaga para estacionar, parabeniza-se internamente por até agora ter se virado muito bem sem carro.

No entanto, na noite anterior, lamentou profundamente não ter um estacionado na porta de casa. Do contrário, com certeza teria tomado coragem e ido mais uma vez a Lüneburg. Hilke até lhe ofereceu o seu a semana inteira, mais de vinte vezes, mas ele não quis abusar de sua boa vontade nem de sua curiosidade para voltar ao Castello com o Opel – pior ainda, com o Opel *e* com Hilke. Não quer de modo algum chegar de surpresa ao aniversário de Clara nem provocar um encontro forçado.

Como na noite anterior não sabia direito o que fazer, ligou para seu pai. E ficou feliz por tê-lo feito, pois ambos passaram um momento realmente descontraído.

Sven não pôde deixar de sorrir quando seu velho pai quis convidá-lo justamente para ir a um restaurante italiano. Contra toda expectativa, tiveram uma noite extremamente agradável, durante a qual falaram até mesmo sobre a mãe de Sven, que em pouco tempo faria 70 anos.

Contudo, esse domingo precisa de alguns ajustes para dar algum resultado, pensa Sven. Nem mesmo o treino rigoroso dessa manhã foi suficiente para trazê-lo de volta à realidade.

Como um adolescente difícil de suportar, volta e meia ele se perde em devaneios, imaginando como seria bom finalmente ligar para Clara. E, como se ainda fosse vítima das pequenas brincadeiras do destino, sente quase como uma ironia o fato de há tanto tempo estar em contato com a misteriosa Mô pelo celular, mas não poder usar esse número para ligar para ela, pois oficialmente ela só tem o telefone fixo e o *e-mail* de seu trabalho.

Mesmo assim, Sven tentou transferir as chamadas do escritório para seu telefone celular. Também configurou seu *e-mail* privado de tal forma que pudesse receber em casa todas as mensagens relativas ao trabalho, que normalmente nem sequer olharia em seu tempo livre.

No entanto, ainda não recebeu nada de Clara. Sven torce muito para que o tal de Beppo não tenha se esquecido de entregar a ela seu cartão de visita. Espera que a tenha informado, no mais tardar, no dia anterior, quando ela deve ter ido ao restaurante. E se ela realmente tiver interesse em uma entrevista, deverá ligar para ele no começo da semana.

Mas e se ela não se interessar?

– Ai, caramba! – Sven bate a palma da mão no corrimão de aço e balança a cabeça. Não consegue acreditar que já está pensando em Clara de novo. Precisa se distrair.

Assim que toma a decisão de perguntar a David se ele está a fim de tomar uma cervejinha em um dos quiosques da rua, seu celular toca.

É uma mensagem de Clara! Justamente agora, pensa Sven, depois de tanto tempo sem enviar nada, ela deve ter sentido necessidade de se comunicar.

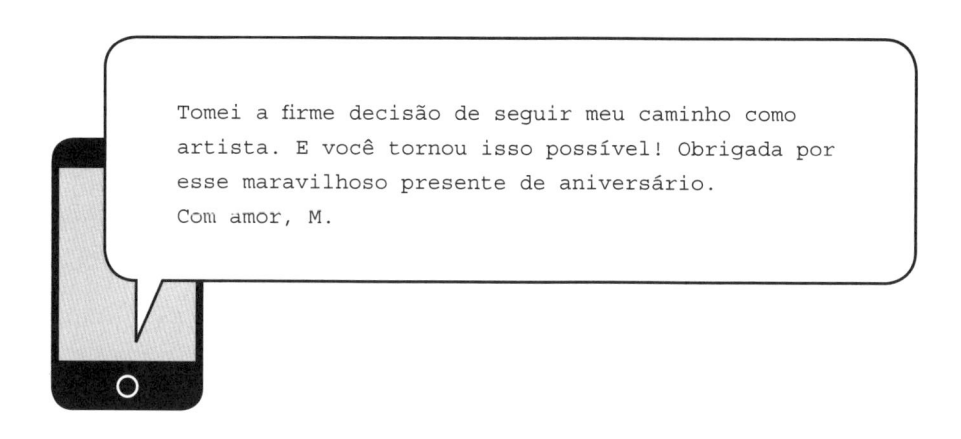

> Tomei a firme decisão de seguir meu caminho como artista. E você tornou isso possível! Obrigada por esse maravilhoso presente de aniversário.
> Com amor, M.

O humor de Sven melhora de imediato. Clara lhe parece bem mais tranquila do que pouco antes. Ele adoraria poder contar isso a alguém.

Como infelizmente não consegue encontrar David, acomoda-se no terraço com uma cerveja e pensa de que outra maneira poderia se aproximar de Clara.

Na reunião matinal de segunda-feira, pretende de qualquer jeito propor a seu chefe o tema "jovens autônomos". Afinal, já faz algum tempo que pesquisou sobre o mercado relacionado a essa categoria. Só teria de atualizar os números e entrevistar duas ou três pessoas. Mas está confiante de que conseguirá convencer Breiding a colocar o tema em pauta, uma vez que a recessão é um tema bastante atual.

Na segunda-feira, ao voltar para a sua sala após mais de três horas intermináveis de reunião, Sven fica feliz por sua sugestão ter suscitado interesse. Hilke observa seu otimismo com ceticismo e pergunta:

– E então? Algum acontecimento especial no fim de semana? Alguma ligação do mundo artístico de Lüneburg?

Irritado, Sven revira os olhos e apenas suspira.

– Fique feliz por poder contar comigo e por eu me preocupar tanto com seu bem-estar – responde Hilke, indignada.

– Muitíssimo obrigado – responde Sven com ironia. Ele se senta à sua mesa e tenta mudar de assunto. Afasta rapidamente a ligeira decepção com o fato de Clara ainda não ter ligado. Não quer, de modo algum, continuar alimentando as estranhas interpretações de Hilke, segundo as quais sua suposta mudança positiva se deve a rompantes românticos.

Quando Sven move o *mouse* e desbloqueia a tela do computador, sua caixa de *e-mails* mostra que ele tem 17 mensagens. Percorre uma por uma e, de repente, leva um susto ao ver que, em meio às mensagens não lidas, há um *e-mail* com o assunto "Sua solicitação", do remetente "c.sommerfeld@luene-prundwerbung.de".

Enquanto Hilke comenta como foi a reunião de redação, Sven tenta não deixar transparecer nada e abre o *e-mail* sem dar na vista.

– Sim, sim, os temas do próximo mês prometem. De todo jeito, vai dar certo – murmura Sven, como se estivesse para adormecer, embora internamente esteja vibrando. Com grande expectativa, lê a mensagem de Clara.

```
De: c.sommerfeld@luene-prundwerbung.de
Assunto: Sua solicitação

Prezado senhor Lehmann,
o senhor Ventorino, do restaurante Castello, em
Lüneburg, me entregou seu cartão com o pedido para eu
entrar em contato.
Será um prazer ajudá-lo em suas pesquisas. O senhor pode
me ligar a qualquer momento no número abaixo.
Cordialmente,
Clara Sommerfeld
```

Sven lê as linhas pelo menos três vezes seguidas e, pelo visto, olha para a tela com ar perplexo, pois Hilke pergunta:

– Tudo bem? Você está com uma cara estranha.

– É... sim, sim. Só estou lendo. Mas você sabe que nós, homens, não conseguimos fazer muitas coisas ao mesmo tempo. – Sorri brevemente para ela e volta a se concentrar em sua caixa de entrada. Não pode ligar para Clara nesse momento. Hilke pularia em seu colo para conseguir ouvir cada palavra. Em vez disso, Sven segue seu impulso e clica em "responder".

Ele próprio não entende direito por quê, mas esse *e-mail* exerce um estranho poder sobre ele, embora seja muito mais objetivo do que tudo o que já leu dela. Talvez seja porque, nesse momento, ele sabe que um dia estará de fato diante dessa mulher. "E esse dia já não está muito distante", pensa. "Afinal, tenho de escrever meu artigo de 18 colunas em apenas duas semanas."

Sven faz um primeiro esboço de sua resposta:

```
De: Sven Lehmann
Assunto: RE: Sua solicitação
Olá, senhora Sommerfeld –
```

Recomeça.

```
Prezada senhora Sommerfeld,
obrigado pela rápida resposta.
No momento, escrevo um artigo sobre jovens autônomos
para nossa revista –
```

Sven apaga o termo "jovens" e sorri de repente.

– Do que você está rindo? – Nada escapa a Hilke, que parece observá-lo com atenção.

– Ah, uma piada suja que um amigo me enviou. Você iria odiar.

– Homens! – lamenta-se Hilke e desaparece atrás do seu monitor.

Sven continua a escrever sua resposta.

```
Gostaria de lhe perguntar como começou a trabalhar como
autônoma e, caso esteja de acordo, se poderia apresentar
um breve resumo para oferecer a nossos leitores uma
impressão de sua área como exemplo.
Eu lhe ficaria muito grato se pudéssemos nos reunir em
breve na redação...
```

Sven cancela as duas últimas palavras, pois, nesse segundo, imagina como seria desconcertante receber a visita de Clara na presença de Hilke.

```
Caso a senhora tenha tempo e conheça um lugar adequado
para nos encontrarmos, irei com prazer até Lüneburg.
Muito obrigado.
Cordialmente...
```

Troca "cordialmente" por "atenciosamente", escreve seu nome embaixo e clica em "enviar". Olha disfarçadamente para Hilke, que se levanta nesse momento para ir buscar um café. Ela pergunta de imediato:

– O que foi?

Sven encolhe os ombros e murmura:

– Nada, o que poderia ser?

Clara

"Se esta semana continuar tão emocionante como a anterior, não vou chegar viva a meu próximo aniversário", pensa Clara ao se olhar no espelho para passar o rímel. Na segunda-feira, o ateliê maravilhoso, fantástico, simplesmente perfeito. Na terça, a assinatura do contrato de aluguel e uma ligação de Beppo com a boa notícia de que mais dois quadros foram vendidos. No dia anterior, a bem-sucedida produção dos folhetos com a ajuda de Sandra, a redatora da agência. E hoje o encontro com o jornalista. Como Clara não faz ideia do que a espera, está bastante nervosa.

Mas, no final das contas, foi o sujeito que a procurou. É ele quem quer alguma coisa dela, e não o contrário. Ela só terá de responder a algumas perguntas.

"Portanto, relaxe e aproveite uma noite agradável", anima-se. Afinal, o senhor Lehmann vem de Hamburgo especialmente para isso. Não seria nada gentil desmarcar nesse momento. No mínimo, Katja chutaria seu traseiro se ela deixasse passar essa oportunidade gratuita de se promover. O fato de ele ter concordado em marcar o encontro no Cheers tranquiliza um pouco Clara, pois ali estará bastante próxima de Ben, que irá protegê-la de situações desagradáveis.

No entanto, quando Clara se dirige ao Cheers de bicicleta, cerca de trinta minutos mais tarde, sente muito medo. E se ela não tiver uma resposta bem fundamentada e interessante? Afinal, não é nenhuma especialista no assunto. Ainda tem de estudar com calma todas as questões jurídicas, por exemplo, bem como as financeiras. Pelo que está escrito no cartão de visita, esse Lehman é redator na área de economia, deve ser um grande especialista, e logo vai perceber que escolheu a pessoa errada.

Insegura, Clara desce da bicicleta, prende-a em um poste e se irrita ao ver que estacionou bem na frente da janela. Provavelmente o senhor Lehmann já está no local há muito tempo e pode observá-la de dentro. Porém, ao entrar, não vê ninguém. Clara supõe que o senhor Lehmann deva ter cerca de 55 anos, seja meio gordinho, um tanto antipático, mas educado e muito bem-vestido. Em todo caso, é assim que imagina um redator de economia de uma revista importante.

Dirige-se ao fundo, à direita, onde há uma mesa vazia, senta-se de modo que possa ver a porta e pede um *latte macchiato*.

"Até ele chegar, posso preparar algumas frases inteligentes, que soem espontâneas, autoconfiantes e lhe permitam concluir que sou uma mulher de negócios dura na queda", pensa Clara. Porém, em seu íntimo, sente-se completamente diferente, como uma garotinha colegial que depende dessa prova oral para passar de ano.

Nervosa, pega o celular para ver se o senhor Lehmann mandou alguma mensagem, sem que ela tenha ouvido o sinal. Mas não há nada. Nem mensagem, nem ligação, embora ele já esteja mais de 15 minutos atrasado para o encontro. Vasculha a bolsa à procura do cartão de visita, mas dele consta apenas o número comercial; portanto, não faz sentido ligar para ele. Talvez tenha se enganado de dia ou não tenha encontrado o caminho para o Cheers.

Clara decide terminar de beber seu café em paz e esperar até às 20h15. Se ele não aparecer em 45 minutos, provavelmente não virá mais.

Insegura, torna a olhar ao redor para ver se não deixou de ver alguém. Exatamente como fez certa vez, ao procurar por Katja, que sempre chegava atrasada. Ben estava sentado na mesa vizinha e perguntou, com certo atrevimento, mas também com gentileza, se tinham lhe dado o cano. Como ele também esperava em vão por um amigo, a certa altura foi para a mesa dela. A noite foi surpreendentemente divertida, pois Ben já foi logo dizendo:

– Você não é de Lüneburg, não é? Eu certamente teria notado um rosto bonito como esse!

No exato momento em que Clara sente os olhos marejados pela lembrança do primeiro encontro com Ben, seu telefone toca.

Sven

– Que merda! – prageja Sven. Justamente hoje essa droga de trem tinha de partir no horário!

Quando ele chegou à plataforma, o trem passou bem na frente de seu nariz. Rapidamente, pensou se seria uma boa ideia contar a Hilke sobre seu encontro e pedir-lhe o carro emprestado. Mas com certeza ela ficaria brava por ele não ter dito nada o dia inteiro e até ter mentido um pouco. Talvez com o próximo trem ele chegue mais rápido em Lüneburg do que se for de metrô de Altona até a casa de Hilke, em Winterhude, e depois pegar a estrada em horário de pico. "Só que o próximo trem não vai me levar a tempo até Lüneburg", pensa Sven, sem conseguir acreditar que a única cabine telefônica que finalmente encontra depois de uma longa e frenética procura está fora de serviço.

Como simplesmente não pode ligar para Clara do número de Ben para se desculpar pelo atraso, aos poucos tem a sensação de que o destino está tramando contra ele. Talvez essa seja a punição por ele ter mentido tanto, embora, na realidade, até o momento não tenha enganado Clara. Só que não pode despejar toda essa história de uma vez no colo dela; não pode ligar para ela e confundi-la ainda mais.

– Desculpe! – Sven se dirige a uma senhora de idade.

– Pois não? – responde ela, gentilmente.

– Por acaso a senhora teria um celular que eu possa usar? – pergunta.

– Sinto muito, não tenho. Mas o rapaz ali certamente deve ter – diz, apontando para um adolescente, isolado do mundo externo, com boné e fone de ouvido de um MP3-*player*.

— Obrigado – diz Sven, e se dirige ao jovem de cerca de 15 anos.

— Desculpe! – grita Sven.

— Por que está gritando?

— Desculpe, achei que... – Sven aponta para o fone de ouvido.

O rapaz olha para Sven de mau humor e com ar interrogativo.

— É... será que você poderia me emprestar seu celular? Preciso fazer uma ligação urgente.

— E o que ganho com isso?

— Bem, você ajuda um semelhante em uma emergência.

— Ah, é?

— Está bem. – Sven vasculha a carteira em busca de uma moeda de dois euros e a coloca na mão dele.

O jovem olha para a moeda e faz uma careta. Em seguida, estende a mão de volta, com uma expressão impassível.

A paciência de Sven já se esgotou, mas ele não tem escolha.

— Isso é extorsão! – resmunga, puxa uma nota de cinco euros e pega de volta a moeda de dois.

Finalmente, o rapaz lhe empresta o celular.

— Mas não demore!

Sven torce o canto da boca e procura em seu iPhone o número de Clara.

— Mas você tem um celular! – exclama o rapaz, indignado. – E que celular! – Com um movimento rápido, ele arranca o aparelho da mão de Sven e tenta sair correndo.

— Pare! – grita Sven de maneira tão autoritária que o rapaz se detém e olha para ele, um pouco intimidado. – Não posso usar o meu, entende?!

— Não sabe lidar com tanta tecnologia, não é? – O rapaz sorri, balançando a cabeça e estende de novo a mão, pedindo mais dinheiro.

— Você é um sujeitinho desprezível e repugnante! – reclama Sven e dá mais dois euros pelo celular do rapaz.

Nervoso, digita o número. Ouve o som da chamada.

Ao ouvir a voz límpida e calorosa de Clara dizer "alô?", Sven ainda precisa de um segundo para conseguir reduzir sua raiva e dissimular sua agitação.

– Senhora Sommerfeld? Aqui é Lehmann. Sinto muito, mas não consegui pegar o trem a tempo. – Embora o ambiente na estação de Altona esteja bastante barulhento, Sven tenta falar com voz suave.

– Desculpe, não consigo ouvi-lo direito. Poderia falar mais alto?

– Aqui é Lehmann. Perdi meu trem e só conseguirei encontrar a senhora daqui a 45 minutos.

– Ah – diz Clara apenas.

– Sinto muito. A senhora poderia esperar ou prefere combinar outro dia?

Clara parece hesitar por um instante, mas tenta responder em tom amigável: – Não, tudo bem. Mas prefiro buscá-lo na estação. Assim, no caminho, posso lhe mostrar meu ateliê, se o senhor quiser.

– Sim, excelente... Mas... como faço para reconhecê-la? – pergunta Sven, desconcertado.

– Ah, sim, claro... Bem, tenho 31 anos, sou loura, de estatura média, mais para magra e estou vestindo jeans e um blazer claro, de veludo cotelê.

– Tudo bem. Então, até mais, na estação. Obrigado!

– Sem problemas. Até!

– Sim, até! – conclui Sven. Não pôde deixar de sorrir e se alegra porque seu temor de passar a noite sozinho desapareceu de imediato. Com vigor, devolve o celular para o rapaz e caminha a passos rápidos até o painel de informações para ver quando parte o próximo trem.

Clara

"Tomara que não seja um mau sinal o fato de esse Lehmann ter se atrasado tanto", pensa Clara. Seja como for, apesar de todas as suas dúvidas, ela também vê essa entrevista como uma ajuda inicial para sua autonomia. No entanto, está feliz porque o sujeito parece bastante descomplicado e simpático. Pelo menos sua voz ao telefone soou bem mais jovem do que ela havia imaginado.

Clara se irrita um pouco por não ter feito uma pesquisa sobre ele na internet antes do encontro. Se ele trabalha para uma revista tão renomada, certamente haverá uma foto dele em algum lugar. "Por outro lado, sem dúvida ficaria ainda mais nervosa antes dessa entrevista se soubesse que ele é minimamente atraente", pensa Clara ao atravessar a última rua antes de chegar à estação.

Desde o inverno não vai até lá. No dia de Natal, Ben foi com sua mãe e Dorothea visitar sua avó perto de Düsseldorf. Como no Ano-Novo ele tinha uma apresentação com sua banda, quis voltar para Lüneburg a tempo do último ensaio e, por isso, voltou sozinho de trem. Clara ainda se lembra muito bem de quando foi buscá-lo na estação e do quanto ficou feliz em vê-lo, embora tivessem passado apenas poucos dias separados após o pedido de casamento.

No entanto, Ben estava estranhamente calado. Talvez porque, a essa altura, já estivesse arrependido do caminho que havia tomado. Será que ele já sabia que não conseguiria prosseguir?

Clara sente um nó na garganta quando pensa que Ben já devia saber que a despedida de sua avó, de quem ele gostava tanto, seria para sempre. Talvez tenha passado toda a viagem olhando com profunda tristeza pela janela e, ao chegar em Lüneburg, teve de fazer um enorme esforço para Clara não desconfiar de nada.

Agora ela está de novo na estação... E tudo é diferente.

"Como quando esteve no Castello recentemente", pensa Clara. "Pela primeira vez, estou fazendo tudo sozinha, sem Ben."

Porém, no final das contas, agradece apenas a ele por estar ali, nesse momento decisivo de sua vida, que de repente parece um completo recomeço. A partir de agora, sua vida tomará um rumo que Clara nunca tinha imaginado. E jamais poderia suspeitar que seria capaz de percorrer um caminho tão audacioso.

Clara ainda está mergulhada em pensamentos quando o trem proveniente de Hamburgo finalmente chega. Todas as frases inteligentes que preparou ao longo do dia desaparecem de sua cabeça. E antes que possa procurar um homem de terno, é abordada por alguém.

– Você deve ser Clara Sommerfeld! – diz um homem assustadoramente bonito, de jeans e com uma pequena bolsa de *laptop* debaixo do braço.

– É... sim. Senhor Lehmann?

Ele lhe estende a mão e olha tão profundamente em seus olhos que Clara se sente insegura.

– Isso mesmo, Sven Lehmann. Obrigado por ter esperado tanto tempo por mim.

"Não sei por quê, mas esse sujeito me deixa nervosa", pensa Clara, sentada na frente dele no Cheers, à mesma mesa à qual costumava se sentar com Ben. Que estranha coincidência o fato de o senhor Lehmann ter escolhido justamente esse local, embora haja tantas opções. Mas ela gostou do jornalista. Ele tem senso de humor e um charme que certamente já utilizou habilmente com centenas de mulheres.

– Você combina muito bem com essa cidadezinha bonita e simpática – declarou, seguro de si, quando ela tornou a fechar a porta do ateliê. Durante a rápida visita, o jornalista fez algumas fotos dela. Clara fez de conta que não ouviu seu elogio.

"Quantos anos ele deve ter?", pergunta-se, examinando discretamente seu rosto. "Com certeza uns 40", pensa, e logo desvia o olhar para o cardápio, embora já conheça de cor as opções de bebidas e pratos.

– Como pretende abordar o tema "jovens autônomos"? – pergunta Clara, se esforçando para encerrar a entrevista com autoconfiança. Em seu íntimo, tenta ignorar o fato de que o homem à sua frente exerce certo fascínio sobre ela. Os gestos machistas do jornalista, que vez por outra afloram, lembram um pouco Ben, e logo a consciência pesada se insinua em Clara. No entanto, ela pretende demonstrar o máximo profissionalismo e não deixar nenhuma margem para que seu entrevistador faça gracejos.

Sven Lehmann explica prontamente como imaginou o artigo. Embora o assunto interesse a Clara, ela não consegue ouvir com atenção o que ele diz. "Também, com esses olhos!", pensa. Será que as pessoas da mesa ao lado pensam que eles são um casal? Mas ele tem alguém! Em todo caso, certamente não jantou no Castello com uma colega nem com um seu amor platônico. Beppo tem um faro infalível para esse tipo de coisa. Será que Sven Lehmann vem muito a Lüneburg com sua namorada ou mulher?

– Acho que vou pedir um vinho branco. E você? Poderíamos pedir uma garrafa inteira. Obviamente, é minha convidada. – Olha para ela com um sorriso que faz seus olhos cintilarem, deixando Clara ainda mais insegura.

– É... prefiro uma água com gás... quer dizer, um suco misturado à água com gás... ou melhor, água com suco de maracujá, e não água com vinho – gagueja Clara. Antes tivesse mordido a língua, pois suas palavras parecem tudo, menos autoconfiantes e profissionais.

Um tanto confuso, Sven Lehmann olha para ela, mas, quando faz o pedido, seu tom volta a parecer extremamente tranquilo e encantador. Ao comentar a escolha do local, também soa irônico:

– Quer dizer, então, que esse é seu bar preferido? – e novamente exibe seu sorriso travesso.

Clara o interpreta como uma provocação e responde rapidamente:

– Sim, sei que há lugares mais chiques, mas gosto da atmosfera daqui e sou apegada aos meus hábitos.

– Apegada aos seus hábitos, mas disposta a se abrir para o novo, não é? – pergunta ele, ainda sorrindo.

– Sim. Pelo menos na minha condição de autônoma, não me resta outra opção. Quem trabalha por conta própria precisa ser flexível e estar disposto a se abrir ao novo – responde Clara, sentindo-se aliviada por finalmente falar do tema que deveria ocupá-los essa noite. Não sabe o que fazer com as mãos e as coloca debaixo da coxa, para que o jornalista não perceba o quanto a situação a deixa nervosa.

– Está com frio? – pergunta Lehmann, preocupado.

Clara nega com a cabeça. "Não, só estou me sentindo insegura com suas perguntas e seus olhares estranhos", responde mentalmente.

– Mas preciso me ausentar por um instante, se não se incomodar – diz timidamente.

– Claro que não. A menos que me deixe aqui sozinho de propósito, como punição por eu ter chegado tão atrasado – comenta, achando graça.

Desconcertada, Clara sorri e sente que enrubesce um pouco. Dirige-se rapidamente ao banheiro. Sente que precisa mandar um SMS com urgência. Para Ben.

Sven

Pouco antes da meia-noite, quando Sven coloca a chave e o celular em cima da cômoda ao lado da porta do seu *loft*, vê que recebeu um SMS. Hesitante, olha a tela. Uma mensagem de Clara! Mas não sabe se deve ficar feliz ou irritado. Afinal, não é endereçada a ele.

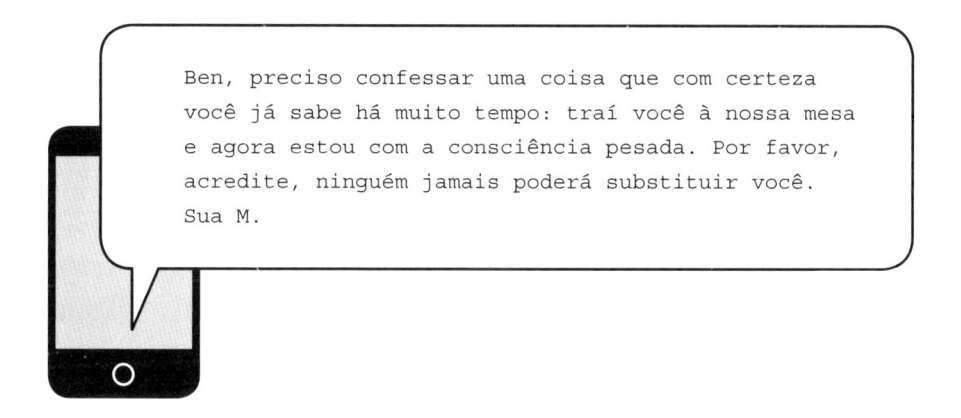

> Ben, preciso confessar uma coisa que com certeza você já sabe há muito tempo: traí você à nossa mesa e agora estou com a consciência pesada. Por favor, acredite, ninguém jamais poderá substituir você. Sua M.

Sven não pôde deixar de sorrir ao ler a palavra "trair" – e, ainda por cima, sentada a uma mesa?!

Durante a viagem de volta, não parou de imaginar o quanto gostaria de tocar essa mulher sensível ou simplesmente cobri-la de elogios. Ela o enfeitiçou. Porém, a cada tentativa de se aproximar dela, Clara se esquivou, desviando o olhar ou com gestos evasivos.

Sven já havia saído com muitas mulheres, provavelmente até demais. Foram encontros que não deram em nada, mas o ajudaram a decifrar melhor o obscuro comportamento do sexo oposto. Por exemplo, quando uma mulher apoia o queixo na mão e inclina ligeiramente a cabeça para o lado. Em oitenta por cento dos casos, isso significa que ela não vai retirar a outra mão, que passeia nervosamente no tampo da mesa, indo do porta-copo ou do guardanapo para os talheres ou o copo, enquanto ele não der o primeiro passo para atravessar a fronteira e tocá-la de maneira cautelosa, mas firme. Ou então quando ela inclina um pouco o tronco para a frente, valorizando os seios. Isso significa que há uma grande chance de ele poder tocá-los mais tarde.

No entanto, com Clara não houve nada disso! Nenhuma insinuação, nenhum sinal, nenhum gesto de afeição. Mas ela tampouco pareceu fria; ao contrário, foi gentil como Sven sempre a imaginara. Ao mesmo tempo, mostrou-se um tanto inacessível, o que fez que Sven se sentisse cada vez mais atraído por ela ao longo da noite, desde o primeiro segundo. Foi o que ele percebeu já ao vê-la na plataforma, tímida como uma garotinha, mas *sexy* como uma jovem mulher que tem plena consciência de ser atraente, sem usar seu poder de sedução.

Ao se lembrar do encontro na plataforma da estação, Sven não pôde deixar de suspirar. Então, reflete, põe novamente o celular de lado, tira os sapatos e joga o casaco em um canto. Liga a televisão, pega uma cerveja na geladeira e se joga com sua bolsa no sofá. Em seguida, pega a câmera digital, com a qual fez as fotos de Clara e de seu ateliê. Embora tenha passado a viagem inteira observando-as, sente novamente a necessidade de revê-las.

E, mais uma vez, nota o brilho em seus olhos verdes.

A visão o fascina tanto que fica tentado a digitar seu número, sem rodeios, para uma conversa particular. Vai em busca do celular, mas para.

Afinal, o último SMS confirmou seu mau pressentimento de que essa mulher ama outro homem.

Decide que é melhor esquecê-la, o mais rápido possível.

Clara

— Se você tivesse um namorado, não precisaríamos carregar todas essas coisas — diz Katja sorrindo, enquanto espera que Clara lhe jogue de volta o pano de limpeza.

— Sim, já entendi. A culpa é toda minha, bloqueei o caminho da minha própria felicidade e sou um caso perdido — responde Clara, ironicamente, e suspira ao tentar tirar do porta-malas uma pesada lata de tinta.

— Acha que ele teria te beijado se você não tivesse se comportado como um *freezer*? — Katja continua a provocá-la enquanto tira a segunda lata do carro.

— Não foi um encontro, mas uma reunião de trabalho que...

— Que poderia ter terminado bem diferente — interrompe-a Katja.

Clara põe a lata no chão e se coloca na frente da amiga:

— Mais uma vez, só para você anotar: em primeiro lugar, o cara é um jornalista sério, que...

— Que perguntou se vocês não poderiam sair de novo para tomar alguma coisa porque, segundo ele mesmo disse, foi um encontro muito agradável!

Clara revira os olhos e continua:

— Em segundo lugar, o cara é comprometido.

— Você não tem nenhuma prova disso.

— Mas tenho uma testemunha confiável, que descreveu com clareza como sua acompanhante no Castello era atraente.

– Está bem, e daí? No começo também achamos que o Andy fosse casado, só porque ele estava com um anel no dedo!

– Em terceiro lugar, caras bonitos como ele sabem muito bem como se divertir por pouco tempo com as mulheres. No fundo, não se prendem a ninguém.

– Ele não tem culpa de ser bonito.

– Mas tentou me seduzir!

– Por acaso é algum crime um homem seguro de si aparecer e querer levar o que lhe agrada?

– Não, é até... *sexy* – admite Clara.

– Arrá!

– Nada de "arrá"! Esse é o problema, porque, em quarto lugar, não estou pronta. E, em quinto: estou me concentrando em minha carreira!

– Para a qual ele poderia ser de grande ajuda...

– Para isso, tenho você. Venha! O ateliê não vai se pintar sozinho.

Katja quer responder alguma coisa, mas já esgotou todos os seus argumentos. Portanto, só lhe resta uma saída: chantagem.

– Bom, ou você liga para ele ainda hoje, ou não vou mover uma palha!

Furiosa, Clara olha fixamente para ela, mas só consegue sustentar seu olhar por cerca de cinco segundos, pois logo seus lábios esboçam um sorriso torto. Com seu jeito inimitável, Katja o contabiliza como uma grandiosa vitória.

Sven

— Seja como for, você precisa ligar de novo para ela e pedir a autorização para a publicação do artigo – diz Hilke, tentando animá-lo como uma avó carinhosa, com uma boa vontade sincera, mas totalmente alheia à realidade.

— Vou fazer isso por *e-mail* – responde Sven, sem nenhuma emoção no rosto.

— E, de quebra, você poderia aproveitar a ocasião para insinuar sutilmente que está... bem... que está interessado em trabalhar com ela novamente – sugere, sem parecer muito convincente.

— Não vou morrer só porque levei o fora de uma mulher. Portanto, pare de fazer drama por causa disso. Só contei do encontro porque você ia ficar sabendo de todo modo.

— Mas vai ser um drama se você desistir!

— Querida Hilke, isso não é um filme, mas a realidade, na qual tenho uma porção de coisas para fazer. Será que posso voltar a me dedicar ao meu trabalho?!

— Querido Sven, pouco importa se é realidade ou filme: é sempre preciso lutar pelo amor.

— Quem disse isso?

— Bom, eu e o resto do mundo. E com certeza Clara também, romântica do jeito que é...

— Sim, tão romântica que me tratou como um boneco de provas de impacto, desses que a gente arremessa contra um muro de concreto para testar a segurança de um veículo.

– Mas você disse que ela é atraente. E...

– E o quê?

– Não gosto de dizer isso, mas você também é atraente.

Sven olha sem graça pela janela. Não está habituado a receber elogios de sua colega no lugar de ofensas.

– Humm... Mas isso não significa que Clara esteja a fim de mim.

– O que ela te disse, exatamente?

– Já te contei.

– Não contou, não! Quer dizer, contou, mas preciso saber de todos os detalhes. Há diferenças bem pequenas, mas sutis!

– Mulheres! Bom, eu me despedi gentilmente e disse que poderíamos nos ver de novo, sem precisar falar de trabalho, pois foi um encontro muito agradável.

– E o que ela respondeu?

– Nada! Apenas sorriu, desviou o olhar como fez durante toda a entrevista e me desejou uma boa viagem.

– Bom, mas isso não significa que deu um fora em você!

– Mas isto aqui, sim – diz Sven em tom nitidamente mais enérgico, pegando seu celular.

Depois de mostrar a Hilke o último SMS de Clara, ela se cala, consternada.

Com as palavras ali escritas, mesmo uma idealista romântica como sua colega é obrigada a entender que Clara ainda está muito envolvida com seu ex, pensa Sven. Não faria sentido aproximar-se dela.

– Está vendo? – diz ele. – Ela fala em "traição", embora mal tenha olhado na minha cara!

Decepcionada, Hilke torce o canto da boca e respira fundo. De certo modo, Sven se sente aliviado por ela finalmente deixá-lo em paz.

Clara

Clara está deitada na cama e não consegue dormir. Embora o fim de semana tenha sido tão cansativo, por causa da reforma do ateliê, que ela mal conseguisse se aguentar em pé, no domingo à noite convidou Katja para ir ao Castello, como forma de lhe agradecer.

Como não podia deixar de ser, sua amiga logo aproveitou a ocasião para se informar com Beppo a respeito do jornalista e, sobretudo, da acompanhante dele. Embora ele não pudesse garantir que se tratasse de um casal, tampouco foi capaz de convencê-la do contrário. Como boa alcoviteira, Katja insistiu tanto que Clara acabou prometendo enviar ao menos um SMS a Sven Lehmann.

Ainda bem que salvou o número depois que ele ligou para ela, avisando de seu atraso.

Já é a terceira vez que Clara abre a caixa de saída do seu celular para verificar se o que escreveu não está muito estúpido. Se não ficou claro o suficiente ou, ao contrário, ficou claro demais, levando o jornalista a pensar que seria melhor não responder. Relê as palavras em voz alta, tentando imprimir nelas um tom inequivocamente amigável.

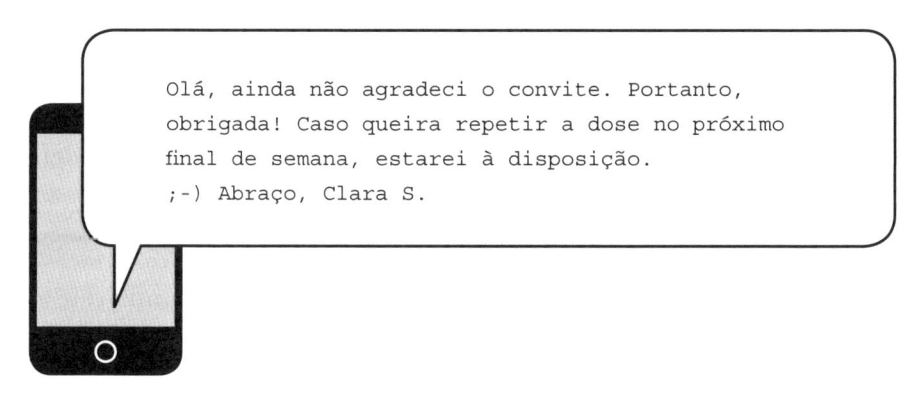

```
Olá, ainda não agradeci o convite. Portanto,
obrigada! Caso queira repetir a dose no próximo
final de semana, estarei à disposição.
;-) Abraço, Clara S.
```

"Ele já deveria ter respondido, ao menos por educação. Ou será que meu SMS foi direto demais?", pergunta-se Clara e se zanga consigo mesma e com o mundo cruel dos solteiros, repleto de joguinhos e regras. Achava que nunca mais teria de se afligir com esse tipo de coisa. Com Ben, tudo havia sido muito diferente. Na primeira vez em que se viram, ele a convenceu espontaneamente a se encontrarem de novo no Cheers e não fez nenhum rodeio para conquistá-la.

Clara olha mais uma vez para a lista de mensagens enviadas. Com exceção dos dois SMS que mandou para Katja, todos os outros foram para Ben e um para Sven Lehmann. Nesse momento, faz a amarga constatação de que quase não há pessoas ao seu redor que possa considerar como amigas. É como se costuma dizer: a amizade verdadeira se mostra em tempos de crise.

No início, muitos conhecidos perguntavam regularmente como ela estava. Mas agora, após mais de meio ano, Clara não quer ser aquela que transmite angústia e tristeza quando liga para alguém. E o contrário também é verdadeiro, porque os outros devem se sentir igualmente cobrados a tratá-la de maneira descontraída.

Clara decide que, no futuro, fará o possível para não falar do passado com novos contatos. Também quer conhecer um homem da maneira mais espontânea possível, e não o assustar de imediato com sua história.

De fato, na noite de sexta-feira, quando esteve com Sven Lehmann na estação, no ateliê e, mais tarde, no Cheers, Ben não deixou de estar presente em nenhum momento. Sobretudo quando o jornalista deu uma olhada nas instalações e a fotografou, Ben estava perto dela de um modo estranho, como se quisesse lhe dizer que ela se encontrava em boas mãos.

A seu modo, Sven Lehmann também lhe transmitiu uma sensação de familiaridade e confiança. E isso apesar de deixá-la tão nervosa!

"Talvez ele me lembre alguém", reflete Clara sem ter uma pista consistente. "Seja como for, esse alguém não é Ben", pensa, aninhando-se ainda mais em sua coberta. Aliás, em muitos aspectos, esse Sven parece ser exatamente o oposto de Ben. Clara se pergunta se esse é um bom ou mau sinal, mas se repreende em seguida, pois não quer perder mais tempo pensando nisso. O fato de ele nem sequer ter respondido a seu SMS mostra o quanto é superficial. Com certeza deve encorajar uma série de mulheres a "repetir a dose", sem se lembrar realmente do primeiro encontro.

No dia seguinte, Clara vê sua opinião sobre Sven Lehmann confirmada. Está sentada diante do computador e reencaminha a Katja, sem nenhum comentário, o *e-mail* que acabou de receber. Afinal, tanta frieza e arrogância dispensam mais palavras.

```
Prezada senhora Sommerfeld,
segue anexado o artigo pronto, com o pedido para que me
envie sua autorização assim que possível.
Muito obrigado pela agradável colaboração e muito
sucesso em seu empreendimento como autônoma!
Atenciosamente,
Sven Lehmann
```

Clara não sabe se deve ficar mais irritada com esse metido a besta ou consigo mesma. Afinal, achou ter sentido algo especial na noite em que se conheceram. Mas provavelmente um reencontro seria desastroso e sem importância. No entanto, não responder a um SMS e enviar um *e-mail* tão impessoal lhe pareceu uma afronta. Não pode deixar isso barato!

Em todo caso, fará uma leitura extremamente crítica do artigo e repreenderá o senhor Lehmann por qualquer palavra que não lhe agradar.

Somente então Clara nota que o *e-mail* contém outro anexo com fotos. Ela quase tinha se esquecido delas. No artigo também aparecem imagens de outros autônomos, uma mulher e dois homens, que, como ela, decidiram trabalhar por conta própria nesse ano. Clara se surpreende por ser a única a aparecer em duas fotos e por ver como suas pinturas e a placa da loja foram valorizadas, embora estivessem provisoriamente no chão do ateliê. Sven Lehmann tinha razão quando lhe disse que precisava justamente dessas imagens. Mostrariam um registro dos retratados praticamente em seu ponto de partida.

A contragosto, Clara sorri ao ler a legenda das fotos:

```
Clara S. em seu recém-alugado ateliê e loja Obra & Arte:
"É preciso ter uma dose de ingenuidade e de gosto
pelo risco.".
```

"Foi isso que eu disse?", pergunta-se Clara, tentando se lembrar da conversa inegavelmente animada que teve com o articulado escrevinhador naquela noite no Cheers.

Ele a tinha chamado de "artista de uma ingenuidade revigorante, mas perspicaz e interessante".

Após breves protestos, Clara havia completado, sendo sincera: "... uma artista que, aparentemente, não entende muito de negócios.".

Sven havia rido com gosto desse comentário. Aliás, os dois riram muito até tarde da noite, tanto de assuntos relacionados ao trabalho quanto das poucas questões que se referiam à vida particular.

Contudo, Clara achou estranho quando falou de seus quadros. Teve a sensação de que, embora Sven Lehmann prestasse muita atenção em suas palavras, reagiu com reserva quando ela admitiu que a série de luas tinha um significado muito pessoal para ela e que preferia não falar a respeito.

Ele olhou para ela de um modo muito estranho, como se quisesse lhe confessar algo muito íntimo. Porém, acabou admitindo que nada entendia de arte e, mesmo assim, ou talvez justamente por isso, ficou muito impressionado com a força de seus quadros.

Por isso, Clara está muito ansiosa para saber como suas obras foram tratadas no texto.

Começa passando os olhos pelo artigo para depois ler frase por frase com calma e atenção, embora tenha de sacrificar seu horário de almoço para isso.

Pouco depois, se sente aliviada e, ao mesmo tempo, decepcionada, porque o suposto "entusiasmo ingênuo" dos quatro empreendedores retratados não se reflete absolutamente no tom do texto. Ao contrário, o artigo mantém uma sobriedade que apenas alguém como Sven Lehmann seria capaz de transmitir.

Sem esperar pela resposta de Katja, Clara clica diretamente em "responder".

```
Prezado senhor Lehmann,
obrigada pelo artigo objetivo e impecável, que aprovo
com este e-mail.
Também lhe desejo um futuro profissional e pessoal com
muito sucesso!
Cordialmente,
C. Sommerfeld
```

Seleciona "enviar" e encaminha o mesmo *e-mail*, sem comentários, também a Katja.

Até a inauguração oficial do ateliê, os dias passam tão rápido que Clara fica muito feliz por poder aproveitar as horas extras que ainda tem disponíveis. Na realidade, nem se trata de passear ou descansar. A lista de coisas a fazer até o próximo domingo parece infinita, e ela não daria conta de tudo sem a ajuda de sua mãe e de Katja.

– Não me leve a mal – diz Katja ao olhar a lista de convidados à noite –, mas por que o nome de Sven Lehmann não está aqui?

– Não quer mesmo que eu leve você a mal? – replica Clara, sem tirar os olhos da pilha de envelopes.

Sua amiga sabe que uma discussão nesse momento não faria o menor sentido, e se conforma a contragosto:

– Tudo bem, então me dê isso aqui. Pode deixar que faço isso. É melhor você ir cuidar dos seus quadros. Mas, espere um pouco! Que nomes todos são esses que não conheço? São seus colegas?

– São. Assim mato dois coelhos com uma só cajadada e, com a inauguração, já comunico a eles minha saída da agência. Além disso, alguns deles realmente me ajudaram muito.

– Ah, entendo.

– Claro que não tanto quanto você! – exclama Clara antes de desaparecer na sala ao lado para dependurar seus quadros.

– Humm, e às vezes também é preciso ajudar as pessoas a encontrar sua felicidade – diz Katja baixinho, sem que Clara possa ouvi-la. Em seguida, coloca um convite em um envelope ainda sem endereço e o esconde em sua bolsa.

Sven

— Ah, finalmente! – agitada, Hilke cumprimenta seu colega de trabalho preferido quando ele entra na sala.

— Bom dia, bom dia. O que aconteceu? – pergunta Sven, ainda sem ter acordado direito.

— Você tem correspondência! – diz Hilke solenemente, apontando para a mesa de Sven. – De Lüneburg!

— Ah, é? – resmunga Sven e vai buscar um café, sabendo muito bem que está tirando Hilke do sério.

— Vamos, abra logo! – insiste ela quando ele retorna pouco depois, e segura o envelope azul-acinzentado diante do nariz dele.

Irritado, Sven abre o envelope passa os olhos pelas poucas linhas. Em seguida, joga o envelope e seu conteúdo diretamente no cesto de lixo.

— Está louco? O que está escrito?

— É só um convite.

Hilke olha para Sven, perplexa.

— Para a inauguração do ateliê dela. – Sven se vira bruscamente para sua mesa e liga o computador.

— E você não vai?

— Por que iria?

— Porque seria falta de educação não ir.

Sven olha para Hilke, como se ela fosse uma criança pequena que acabou de dizer algo muito tolo.

– E porque é gentil da parte de Clara Sommerfeld convidar você – acrescenta ela, ainda acanhada.

O olhar de Sven não muda.

– Além do mais – continua Hilke –, o que você tem a perder?

– Meu coração – murmura Sven, fitando a tela do computador.

Hilke vai até o cesto de lixo, pega o convite e o lê.

– Ah, quer saber de uma coisa? Vamos juntos – diz Hilke alegremente, acenando com euforia para seu colega.

Com ar teatral, Sven deita a cabeça no tampo da mesa.

– O que fiz para merecer isso?

Clara

Rapidamente, Clara digita mais um SMS a Ben, antes que se inicie o emocionante dia. Sua mãe e Reinhard, assim como Lisbeth e Willy, já estão lá. Como não podia deixar de ser, Katja e Andy ainda não chegaram. Mas quem mais faz falta é Ben.

Ela não sabe direito se deve rir ou chorar, e espera que o envio de uma mensagem para ele a tranquilize rapidamente.

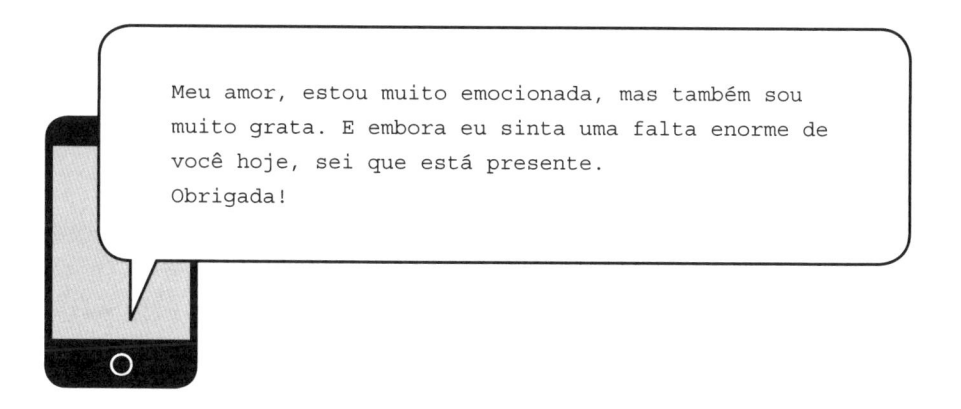

> Meu amor, estou muito emocionada, mas também sou muito grata. E embora eu sinta uma falta enorme de você hoje, sei que está presente. Obrigada!

Clara havia indicado no convite que a inauguração começaria às 11h, mas já são 11h30 e há pouca gente nas duas salas. Contudo, de vez em quando também entram na loja pessoas que ela não conhece.

Nesse domingo de comércio aberto, as pessoas caminham empurrando-se no centro lotado, até mesmo nas ruas laterais. Quem quiser é servido com uma taça de *prosecco* ou com suco de laranja e canapés. Apesar dos veementes protestos de Clara, Beppo fez questão de lhe oferecer esse serviço como presente de inauguração.

Por um breve momento, Clara se afasta de um pequeno grupo de ex-colegas de trabalho para respirar fundo e desfrutar desse momento irreal.

Aprecia muito o fato de Niklas e sua esposa estarem ali. Não foi fácil para seu ex-chefe demiti-la. A agência continua em uma situação difícil. Porém, todos a felicitam por seu talento e sua coragem. E embora ela ainda estranhe a velocidade com que as coisas evoluíram nas últimas semanas, em seu íntimo, Clara sente que está tudo certo.

Justamente quando está deixando o mezanino da sala ao lado para se dirigir à sala maior, fica sem ar.

Sven Lehmann está lá! Acompanhado por uma morena atraente, acaba de se misturar aos convidados, que a essa altura com certeza já chegam a vinte. Cerca de dois metros atrás deles, Clara finalmente vê Katja e Andy.

Katja parece se esconder atrás do namorado, para poder observar melhor os recém-chegados. Clara lhe lança um olhar sério enquanto desce lentamente as escadas.

Sem graça, Katja encolhe os ombros, vai até Clara e diz, com o rosto avermelhado:

– Tudo bem, confesso que errei, mas só quanto a ele. Não sei de onde saiu a perua!

"A acompanhante não é apenas bonita, mas infelizmente também parece muito simpática", pensa Clara. Contudo, não se pode dizer o mesmo a respeito de Sven Lehmann nesse momento. Embora seu casaco marrom de veludo cotelê lhe caia muito bem, ele olha ao redor como se estivesse bastante aborrecido. "Que sujeito arrogante!", queixa-se Clara. Pelo menos sua namorada olha para os quadros com atenção.

– Agora vá! – ordena Katja com certa superioridade, apenas porque ambas sabem que Clara não tem escolha.

– É... Olá! – Clara cumprimenta o convidado-surpresa, estendendo-lhe a mão. – Que bom que vieram! – Ao proferir essa mentira, Clara olha para a atraente acompanhante de Sven.

– Sou Hilke Schneider, colega de Sven e sua maior fã! – diz a morena, com um entusiasmo que lhe soa autêntico.

– Clara Sommerfeld. Muito obrigada! Gostariam de uma taça? – Clara aponta na direção de Katja, que está circulando com uma bandeja de *prosecco* e, aparentemente, se diverte servindo os convidados.

– Sim!

– Não!

Ambos respondem ao mesmo tempo. Clara olha de um para outro e, de repente, os três começam a rir, constrangidos.

– Um momento, por favor – diz Clara, acenando em seguida para Katja.

– Ah, sim... Obrigado pelo convite – diz Sven Lehmann, um tanto desajeitado, enquanto Clara pega na bandeja um *prosecco* para sua colega.

– De nada. Deixe-me apresentar: Katja Albers, minha amiga e sócia, pelo menos por meio período. Katja, estes são Hilke Schneider e Sven Lehmann.

– Ah, foi você que escreveu o maravilhoso artigo? – Katja logo trava conversa com os visitantes. Não demora muito para que Andy se junte a eles, e os quatro começam a bater papo. No entanto, Clara não está a fim de jogar conversa fora. Além do mais, tem de se ocupar dos outros convidados.

Ainda não pensou direito em como responder a algumas perguntas. Por exemplo, de onde tira suas ideias; com que idade começou a pintar; se haverá calendários ou canecas com imagens de Lüneburg; se há algum catálogo e quando se iniciarão os cursos de pintura, já anunciados no jornal local.

Após cerca de uma hora, Hilke se aproxima de Clara para lhe perguntar sobre um quadro que gostaria de comprar, mas que está sem preço. Rapidamente, chegam a um acordo. E embora em um primeiro momento Clara tenha pensado que o valor devesse ser bem menor, Hilke Schneider parece mal acreditar na sorte que teve.

— Bem, acho que já posso ir para casa depois desse bom negócio – declara e sorri para Clara com simpatia. Depois, acrescenta de repente: – Aliás, antes menti para você...

Com ar travesso, olha para Sven Lehmann, que continua em uma conversa animada com Andy e Katja. Clara sente um calafrio, pois imagina o que está por vir. Em menos de cinco segundos, essa mulher extremamente atraente vai lhe confessar que ela e Sven Lehmann são não apenas colegas, mas também um casal. Talvez já esteja na sétima semana de gravidez e em breve vá para o altar com seu amor.

— Ah, é? – pergunta Clara, insegura.

— Gosto muito dos seus quadros, mas não sou *eu* a sua maior fã, mas outra pessoa... – diz Hilke Schneider, sorrindo e olhando para o grupo do outro lado, como se quisesse insinuar alguma coisa. Em seguida, diz gentilmente que precisa se despedir, mas não sem antes piscar de maneira amigável e desejar a Clara muita felicidade no futuro.

Confusa, Clara a acompanha para também se despedir de Sven Lehmann.

— Bem... Sua colega acabou de me dizer que já vão embora – Clara interrompe a conversa, torcendo para que o vozerio geral encubra sua insegurança. Enquanto Hilke Schneider leva seu quadro para fora, Katja e Andy se retiram discretamente e se servem de um *prosecco*.

— Eu imaginava um reencontro um pouco diferente – diz Sven de repente, sem nenhum rodeio.

— Ah, é?! E como, se é que posso perguntar?

— Bem, com menos pessoas ao redor.

— Então ainda está interessado em repetir a dose?

— Por que "ainda"? Não me lembro de ter mudado de ideia.

— Mas também não confirmou.

— Pois bem, estou confirmando agora! — Sven não consegue acreditar que acabou de dizer isso.

— O que sugere? — Clara não consegue acreditar que acabou de dizer isso.

— Bem, repetir a dose.

— Ótimo, então, que tal na próxima sexta, no mesmo horário atrasado, na estação? Vamos ao mesmo restaurante, comemos o mesmo prato de massa e tomamos a mesma garrafa de Pinot Gris? Só que, desta vez, vou beber com você e serei eu a fazer as perguntas!

— Isso é uma promessa ou uma ameaça? — pergunta Sven, olhando para Clara com ironia.

— As duas coisas!

Eles sorriem e se despedem com um aperto de mão. Clara tem a impressão de que o toque dura cerca de dois segundos a mais do que o normal e causa nela uma agradável comichão.

Sven

Na noite de sexta-feira, Sven sente um mal-estar na barriga e se refugia pela terceira vez no banheiro nada convidativo do trem. Embora o cobrador tenha anunciado Lüneburg como a próxima parada, Sven já não aguenta mais.

Ao se olhar no espelho, pergunta a si mesmo se não teria sido melhor ter vestido uma camisa em vez da malha. Mas Hilke lhe garantiu, sem pedir sua opinião, que Clara certamente prefere um cara informal a um sujeito arrogante de escritório. Sua colega também aprovou sua loção pós-barba. Até então, Sven não se dera conta de que ela já sabia que ele usava esse tipo de cosmético. Por isso, nesse momento pergunta a si mesmo se não o teria colocado em excesso.

Só de imaginar sentar-se novamente à mesa com Clara, sente um nervosismo que de modo algum pode deixar transparecer ao cumprimentá-la. Melhor começar fazendo um elogio que a surpreenda de imediato e lhe deixe claro que ele não consegue se concentrar por estar totalmente encantado com sua presença.

Clara

Com os joelhos trêmulos, Clara está na estação e se pergunta se esse encontro é mesmo real. Não recebeu mais nenhum SMS, nenhum *e-mail*, nenhum telefonema. Desde domingo, não aconteceu nada que lhe pudesse provar que a conversa com Sven Lehmann, após diversas taças de *prosecco*, acabaria de fato em um encontro.

O aviso na estação já anuncia o trem que em breve chegará de Hamburgo. Tudo como na última vez, só que agora ela está não apenas nervosa, mas também extremamente agitada e se preocupa com a imagem que pode transmitir tanto de seus sentimentos quanto de sua aparência.

Por cinco vezes assegurou-se com Katja de que um jeans e uma blusa simples e casual seriam as melhores roupas para essa noite. Além disso, a amiga a aconselhou por telefone a usar uma maquiagem discreta, pois com certeza ele é do tipo que gosta de mulheres ao natural. Já os sapatos deveriam ter salto alto para seus lábios não ficarem abaixo da garganta dele, caso eles se beijassem.

Só de pensar nisso, o coração de Clara bate duas vezes mais rápido. Prefere não imaginar mais nada. Para se acalmar, decide mandar mais uma mensagem a Ben, pois, do contrário, teme explodir.

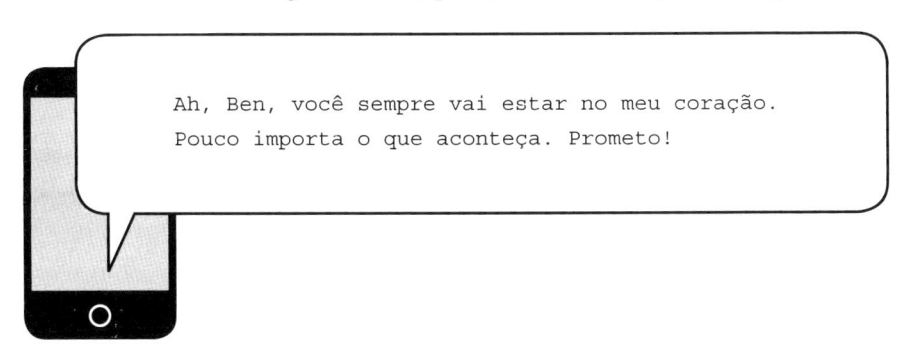

> Ah, Ben, você sempre vai estar no meu coração. Pouco importa o que aconteça. Prometo!

Com os olhos fechados, Clara se deleita aos poucos com o aroma do café fresco. Espreguiça-se em seu sofá macio e se entrega à agradável sensação que preenche seu corpo. Deve ser fim de semana!

Meu Deus! Mas de onde vêm o aroma de café e o barulho da cafeteira? E o ruído na cozinha? E essa sensação estranha na barriga? Uma sensação de que sua vida passou de preto e branco a colorido e de frio a quente. Mas, sobretudo, ela se pergunta: por que estou com esse zumbido na cabeça?

Ah, certamente por causa das muitas garrafas de Pinot Gris e do champanhe que ela e Sven abriram quando foram para o apartamento dela, tarde da noite.

Em câmera rápida, Clara tenta rever todos os bons momentos da noite anterior. Mas será que suas lembranças fragmentadas ainda conseguem reproduzir tudo como realmente aconteceu? Ou teria acontecido algo muito embaraçoso?

"Será que falei de Ben?", pergunta-se Clara, erguendo-se rapidamente. No entanto, tem quase certeza de que, apesar de vagas alusões a um passado intenso e ainda muito presente, evitou ao máximo afugentar Sven com sua história triste.

Contudo, ainda se lembra de que, ao ir pela última vez ao banheiro do bar, olhou-se no espelho e advertiu a si mesma, sorrindo e balbuciando, para não deixar de modo algum que Sven a acompanhasse até sua casa. Porém, sem saber exatamente como, pouco depois caminharam na direção de seu apartamento em vez da estação. Em poucos instantes, Clara percorreu mentalmente cada cômodo, indagando-se se haveria algum vestígio de Ben que pudesse ser notado. A maioria das lembranças está guardada em gavetas, armários ou caixas. Na realidade, apenas o dormitório serve como templo de recordações. Nele há uma foto sobre a mesa de cabeceira, letras de música em um mural, uma camiseta não lavada e a fronha do travesseiro no lado esquerdo da cama, que ela nunca mais trocou... Todas essas seriam boas razões para não ir longe demais e deixar Sven passar a noite no sofá.

Ainda ouve alguns ruídos na cozinha, mas não muito fortes, como se Sven tomasse muito cuidado para não a acordar. Clara não sabe se deve ir até ele e abraçá-lo pelas costas ou deixar-se surpreender.

Puxa a manta até o nariz, fecha os olhos e desfruta da sensação de saber que alguém está presente. Tal como aconteceu ao longo da noite. Essa mistura de tensão impaciente e estranha familiaridade foi simplesmente maravilhosa.

No começo, suas mãos se tocaram na mesa como que por acaso. E, mais tarde, quando estavam abraçados no sofá, foi como se um feitiço tivesse se quebrado. Um feitiço que Clara não sabia que existia. Embora tenha se entregado a Sven e saboreado por completo a maravilhosa sensação de ser desejada e, ao mesmo tempo, protegida, nessa noite achou muito mais importante apenas desfrutar de sua proximidade e sentir a respiração dele em sua nuca. Até que de manhã cedo adormeceram, abraçados no sofá.

Sven

No caminho da estação para casa, Sven não consegue parar de pensar em Clara, em seus olhos brilhantes e em seu carisma sensual. De repente, também pensa em David. Poucos dias antes, achou que seu amigo tivesse enlouquecido quando fez toda aquela cena por causa da mulher que havia conhecido. E agora, ao que parece, é ele quem está passando por isso.

"Estou apaixonado", pensa. E tudo o que até pouco tempo antes ainda era inimaginável, de repente parece tangível e simples. Como um caminho prescrito, ao qual não há alternativa.

Embora tivesse preferido ir para a cama com Clara logo que chegou em Lüneburg e sentisse um profundo desejo só de pensar em dormir com ela, achou até muito bonito que ela – assim como ele – tenha se contido.

Ao contrário, sentiu a necessidade de primeiro absorver toda expressão, todo gesto e todo sorriso dela. Como se aos poucos pudesse dar vida a todas as fantasias que havia relacionado a Clara. Ainda que o modo ponderado dela já lhe parecesse familiar, observar e tocar essa mulher concretamente lhe abria um mundo novo, que ele pretendia conhecer até o último detalhe. Pois quanto menos Clara falava de si mesma, mais Sven queria saber tudo sobre ela. No dia anterior, ela se manteve bastante reservada quanto a seu passado. Sven tentou não fazer nenhuma declaração impensada. Pelo menos conseguiu esclarecer até certo ponto o equívoco com a mensagem que Clara havia enviado ao adolescente ganancioso da estação de

Altona, acreditando que tivesse escrito para ele. Em todo caso, ela pareceu ter acreditado em sua história. Ele não queria tornar a perder a confiança dela, que a muito custo tinha conquistado. Por isso, apenas afirmou que havia ligado para ela de um celular do trabalho, que só carrega consigo quando sai para alguma entrevista e normalmente deixa guardado na gaveta de sua mesa. Sven teve sorte por Clara não ter pedido seu número de celular privado, pois, em uma situação tão encantadora e romântica como aquela no sofá, ele não teria conseguido inventar uma desculpa plausível para não o dar.

No entanto, Sven sabe que não poderá ocultar essa informação para sempre. Até o próximo encontro, na sexta-feira, em Hamburgo, vai pensar em uma saída para contar-lhe toda a verdade com cuidado, mas de maneira direta, para que não haja mais nenhum empecilho entre eles.

Com esse firme propósito, sobe correndo a escada até seu apartamento. Justamente quanto está para jogar o casaco em um canto, seu celular toca.

Inicialmente, Sven não pôde deixar de sorrir, mas depois engole em seco ao ler o SMS de Clara:

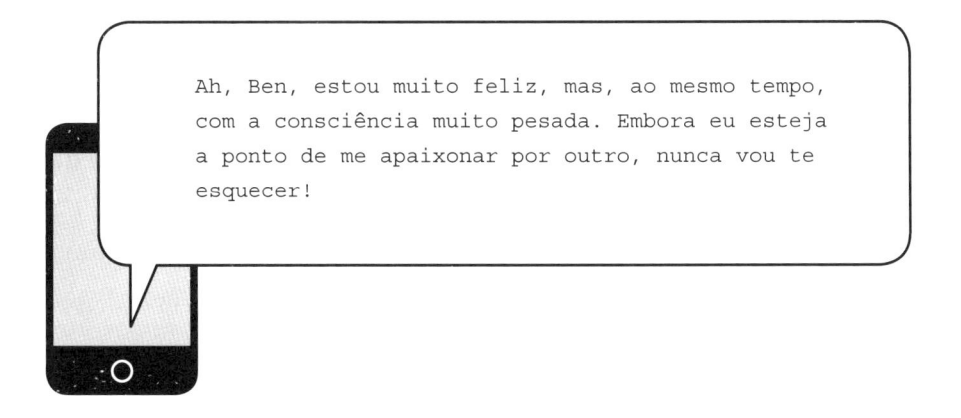

> Ah, Ben, estou muito feliz, mas, ao mesmo tempo, com a consciência muito pesada. Embora eu esteja a ponto de me apaixonar por outro, nunca vou te esquecer!

À medida que a noite anterior se afasta e os quilômetros entre ele e Clara aumentam, mais dúvidas se insinuam em Sven. E se ela não suportar a verdade? Será que vai continuar a olhá-lo com ar apaixonado depois que ele lhe confessar tudo? Não estaria ele ficando obcecado por essa história? E se a atração, que ainda era tão evidente enquanto tomavam café da manhã juntos, fosse apenas um sonho?

Sven relê as palavras diversas vezes. Inseguro, decide ligar nesse mesmo dia para Clara e contar-lhe toda a verdade.

Quando se dirige à cozinha para preparar um café, o telefone toca. Além de seu pai, quase nenhum conhecido seu se dá ao trabalho de ligar para seu fixo. Na maioria das vezes, as pessoas entram em contato com ele pelo celular ou por *e-mail*.

Sven olha para a tela. Ao reconhecer o prefixo de Lüneburg, respira fundo, atende e diz, de bom humor:

– Olá, minha linda!

– Humm. Quem é a linda de que você está falando? – pergunta uma voz desconfiada, mas muito familiar.

– Não existe outra mulher no mundo que eu cumprimentaria dessa forma.

– Está bem. Então, vou acreditar em você. Mas quem é que sabe? – pergunta Clara com ironia. – Talvez você leve uma vida dupla...

– Por que eu faria isso? Além do mais, se fosse assim, com certeza eu não teria convidado você para vir à minha casa.

– Humm, tudo bem. Um a zero para você. Mas por que tenho de ligar para o serviço telefônico para saber seu número particular?

– Bom, não vou entregar todos os meus segredos a você em uma bandeja de prata logo de cara. Você tem de fazer por merecer!

– E como? Posso saber?

– Ah, em espécie. Beijos suaves, massagens relaxantes na nuca, carícias afetuosas...

– Sei, sei, com certeza sua lista é grande.

– Claro! – Sven não pôde deixar de sorrir. – Gostei muito de ontem.

– Eu também – sussurra Clara, e pergunta: – Que barulho é esse?

– Estava preparando um café. Dê uma passada aqui, assim você também ganha um.

– Não comece de novo. Você sabe que...

– Que você está abarrotada de trabalho. Posso ajudar com alguma coisa?

– Não, imagine. Além do mais, você já me ajudou muito com o artigo. E aquele nem foi nosso melhor encontro.

Mais uma vez, Sven não pôde deixar de sorrir. Pega sua caneca preferida, serve-se de café e de um pouco de leite e se senta confortavelmente no sofá enquanto ouve a voz de Clara.

Clara

A orelha de Clara está quente por causa do longo telefonema. Isso porque ela só queria dar um "alô" a Sven e continuar a trabalhar no ateliê para concluir todas as muitas urgências ainda pendentes.

Foi Katja quem insistiu para ela ligar para Sven. E Clara sente, de fato, sua impressão se confirmar. Esse homem realmente a leva a sério!

Metade do domingo já passou, e Clara não consegue se concentrar direito. Não pensa duas vezes e decide dar um longo passeio e visitar seus avós.

Há muitos pensamentos a serem organizados. Tem a impressão de que não seria capaz de desemaranhar o caos dentro de sua cabeça nem mesmo se desse uma volta ao mundo. Sven está em toda parte. E tudo o que há poucos dias lhe parecia desolador e sem esperança clareou-se de repente, fazendo com que ela mal se lembre daquela sensação sombria e paralisante. É como se estivesse em um filme com imagens brilhantes e coloridas, no qual interpreta o papel principal, mas, ao mesmo tempo, pode desfrutar com tranquilidade de todas as cenas como espectadora.

Até mesmo Katja tem afirmado nos últimos tempos que um amor verdadeiro e autêntico se manifesta de maneira mais calma e silenciosa. E logo lhe apresentou um exemplo: embora atualmente esteja vendo tudo cor-de-rosa por causa de Andy, pela primeira vez sente em seu íntimo que sua vida está tranquila. Tranquila, mas maravilhosa. Como se tivesse encontrado sua paz.

Em princípio, Clara não compreendeu o que Katja quis dizer quando lhe conversou com ela sobre esses sentimentos. Não entendeu o que a história com Andy teria de diferente em relação à confusão emocional com o tal de Robert. Não poderia ter o mesmo fim rápido? De um só golpe, Robert foi desqualificado depois que Katja encontrou a esposa dele e lhe perguntou, sem papas na língua, se havia de fato uma separação em curso. A mulher não sabia de nada a respeito. Para Katja, o assunto estava encerrado. Após longas semanas de sofrimento, ficou quase aliviada quando finalmente conseguiu virar a página. A partir de então, pelo menos tinha uma certeza.

Passado algum tempo, Clara acha que compreende o que Katja quis dizer com essa nova sensação. Sua amiga mudou tanto que, pouco antes, quando conversaram ao telefone, até mencionou de passagem "o desejo de ter um filho". Porém, como Clara estava muito ocupada em lhe contar sobre a noite com Sven, somente agora entende o significado dessas palavras.

Clara pensa se deve confessar a Lisbeth que conheceu uma pessoa. Não sabe direito por quê, mas isso não lhe parece apropriado. Seja como for, um dia ela conhecerá Sven, disso Clara tem certeza. E, se tudo continuar às mil maravilhas como até o momento, sem dúvida essa ocasião não vai tardar. Mas Clara não tem pressa. Apenas quer deixar as coisas acontecerem. Só essa sensação de voltar a acreditar que muitas coisas em sua vida podem melhorar já a preenche com uma profunda e arrebatadora gratidão.

Sven

"Como pude me esquecer de que cozinhar é tão divertido?", pergunta-se Sven ao provar com orgulho o recheio para os tomates grelhados. Quando Clara chegar, irá servi-los com camarões, baguete e champanhe. Colocou velas no terraço, transformando-o em um agradável mar de luz, para que ela se sinta muito bem-vinda e à vontade.

Tem de começar a se apressar. Ainda precisa tirar algumas coisas do caminho, como as meias jogadas em um canto, a revista *Playboy* na mesa de cabeceira e as manchas de pasta de dente na pia. Afinal, parte do princípio de que Clara passará a noite com ele.

Todas as conversas telefônicas desde o último domingo apontam para isso, e Sven aguarda esse encontro com impaciência.

Se ela for pontual e, contra todas as expectativas, encontrar logo uma vaga para estacionar, poderia tocar a campainha em cinco minutos e, um minuto depois, chegar ao apartamento. Justamente quando Sven vai ao terraço para ver se ela está estacionando em algum lugar e preparar alguns comentários machistas, ouve a campainha tocar.

Com o coração acelerado e passos rápidos, vai até a entrada do *loft* e abre a porta com ímpeto. À sua frente aparece uma Clara encantadora, cheia de vida, com uma saia de verão na altura do joelho e uma jaqueta jeans, sob a qual Sven nota uma camiseta verde-clara colada ao corpo. O decote da camiseta atrai seu olhar e parece promissor.

– Uau! – exclama Sven ao convidá-la para entrar.

– Uau! – exclama Clara ao entrar no *loft*. – Não imaginei que você tivesse tanto bom gosto. – Sorri para Sven e lhe dá um beijo rápido e suave na boca.

Sven gostaria de poder parar o tempo para viver plenamente esse momento e desfrutá-lo com mais intensidade. Porém, logo tenta se mostrar mais descontraído e diz:

— Bem, se eu não tivesse bom gosto, não passaria tanto tempo pensando em você.

Clara sorri, envergonhada, e Sven não consegue ter certeza se ela está apenas jogando charme ou se sentindo de fato insegura por causa do elogio. Está louco para saber mais sobre ela e sondar aos poucos todas as perguntas que ainda estão sem respostas.

— E o aroma não seria tão bom! — completa Clara, olhando ao redor com curiosidade.

Sven tira a jaqueta dela, pega sua mão e a conduz por seu reino até a mesa posta no terraço.

— Espero que você esteja com fome! — diz, para disfarçar seu nervosismo.

Clara torna a olhar para ele um pouco sem jeito e responde:

— Estou, mas, para ser sincera, estou um pouco nervosa para conseguir comer alguma coisa agora.

Dá um passo até Sven e olha para ele com intensidade. Mais uma vez, os olhos dela o comovem tanto que ele só pensa em segurá-la nos braços. Sorri e, com um gesto, dá a entender que ela não deve se mover. A passos rápidos, vai para a cozinha buscar o champanhe que pôs para gelar. Na volta, nota a capa do disco do Pink Floyd ao lado da vitrola. Rapidamente, esconde-a entre os outros discos e põe para tocar um CD com melodias simples de piano. Em seguida, vai até Clara, abraça-a e sussurra:

— Venha cá.

Põe a mão na nuca dela, fazendo com que sua cabeça repouse por um tempo em seu peito. Quando ela volta a olhar, seus lábios se aproximam dos dele para beijá-lo longa e intensamente.

Cerca de duas horas e muitos beijos mais tarde, esvaziaram a garrafa. Também comeram todos os camarões grelhados. Sven fez de tudo para servir Clara com carinho. Cada bocado era uma espécie de recompensa por ela responder tão bem a uma pergunta após a outra. Contudo, ela sempre enfatizava que, em uma noite como aquela, preferia olhar para o futuro, e não para o passado e que, na realidade, era a vez dele de ser entrevistado.

A certa altura, quando Sven volta para o terraço com uma manta e uma garrafa de vinho branco, puxa o apoio para os pés e reclina ao máximo o encosto da poltrona. Faz sinal para Clara se sentar, para que ele possa cobri-la com delicadeza.

– *Voilà!* O planetário está aberto – diz solenemente e quase com certo orgulho. Senta-se ao lado dela, enfia-se embaixo da manta e estende o braço ao redor dela. Quando Clara se aninha a ele, Sven ainda diz:

– Tento tantas perguntas para fazer quantas são as estrelas no céu!

Sven nota que ela se afasta um pouco e olha para ele com ceticismo.

– Tudo bem, pode continuar a fazer suas perguntas, senhor repórter das estrelas. Mas me reservo o direito de decidir se vou respondê-las com a verdade. Além do mais, a cada pergunta, invertemos os papéis!

– Está certo. Mas eu começo – declara Sven. – Prezada senhora Sommerfeld, por favor, revele à sua grande comunidade de admiradores: por que tem tanta dificuldade para revelar detalhes interessantes da sua vida privada?

Clara finge estar aborrecida e responde com ironia:

– Bem, é que uma artista de sucesso precisa ter seus segredos para ser cercada por uma aura inspiradora. – Ela sorri com ar superior e continua: – E o senhor, seu pseudo conquistador, que fala abertamente dos seus sentimentos? Por que tem tanta dificuldade para revelar detalhes íntimos do seu passado, hein?

Sven pigarreia e se sente tentado a responder com uma brincadeira. No entanto, quer manter a promessa que fez a si mesmo de não continuar enganando Clara. Ao contrário, quer incentivá-la a lidar abertamente com sua própria história. Ela não deveria sentir vergonha e guardar para si uma experiência tão importante como a perda de um amor.

Por isso, ele se obriga a dizer apenas a verdade.

– Em primeiro lugar, não sou um conquistador, e quanto a falar abertamente dos meus sentimentos, só faço isso com pessoas em quem confio. Por isso, agora vou confessar a você que quase já perdi a fé no amor, pois já sofri uma grande decepção... Isso deve bastar por enquanto. Agora é minha vez: o que seus quadros significam para você? O que eles exprimem?

Clara se endireita um pouco, e Sven se aborrece intimamente, pois sente que foi longe demais e deveria ter agido com mais cautela.

– Meus quadros me dão sobretudo esperança. Esperança de que todos os esforços para levar uma vida feliz tenham um sentido mais profundo, algo que infelizmente perdi, há não muito tempo... Bom, agora é a minha vez: de onde você tira suas esperanças?

Sven não pôde deixar de sorrir, pois, na verdade, existe apenas uma resposta para essa pergunta: Clara! Mas tenta lhe responder de maneira mais esclarecedora.

– Como disse, eu também tinha quase perdido a esperança. Mas desde que você entrou na minha vida, sinto uma grande vitalidade, que eu não sabia que existia.

– Nossa! – responde Clara. – Mas você não devia estar tão com o pé na cova assim para ser logo ressuscitado por um joguinho de perguntas e respostas!

Sven sabe muito bem que Clara tenta sutilmente fazer que ele a elogie. Ele gosta de se mostrar galanteador, pois sabe o que ela adoraria ouvir. Além do mais, isso não lhe custa nada. No entanto, não quer de modo algum deixar passar essa ocasião nem se enredar em mais mentiras que possam acabar com esse sonho.

– Bom, acho que ouvi seu chamado muito antes do que você imagina – continua Sven, sondando o terreno, pois sabe que chegou o momento de confessar tudo a Clara. Finalmente poderá lhe dizer há quanto tempo sua intensidade já está presente na vida dele.
– Bem, é o seguinte... eu preciso te... ah, não, é sério: eu me apaixonei por você. Em primeiro lugar, me apaixonei pelo seu jeito melancólico, pela sua capacidade de me tocar com as palavras.

Clara acaricia seu rosto e sorri, feliz.

Então, ele continua:

– E amo sua simplicidade ingênua, que irradia tanta vida. Quando você pinta ou escreve... O nome Mô já é prova disso. Aliás, de onde ele vem? Essa é uma pergunta que me interessa muitíssimo – diz Sven aliviado, pois finalmente superou a primeira barreira rumo à verdade.

Clara se ergue bruscamente. Seus olhos ardem, mas Sven não consegue entender por que ela reage de maneira tão violenta.

– O que foi? Eu disse alguma coisa errada?

De repente, o corpo inteiro de Clara começa a tremer, e ela olha ao redor, procurando seus sapatos.

– Clara, diga! O que foi?

Com um olhar frio e os cantos da boca tremendo, ela sibila:

– Como você sabe desse nome?

A pergunta atinge Sven como um raio. Mô! Como ele pôde ser tão idiota?! Não poderia ter escolhido uma maneira pior de iniciar sua confissão.

– Eu... bem, ouça, eu...

– Ninguém nesse mundo sabe desse nome – insiste Clara. – Isso é jornalismo investigativo ou o quê?

Sven não consegue dizer mais nada.

– Espero que você tenha pelo menos se divertido bastante vasculhando minha vida!

Clara se levanta, apanha os sapatos e a bolsa com raiva e corre tão rápido na direção do corredor que Sven não tem tempo de reagir. Ele apenas grita atrás dela:

– Clara! Clara, por favor, fique. Clara!

Mas ela não se vira mais. Bate a porta atrás de si e desaparece.

Clara

Clara percorreu todo o trajeto tão imersa em pensamentos que não sabe direito como conseguiu sair tão rápido de Hamburgo. Em todo caso, não consegue se lembrar do momento em que pegou a saída para Lüneburg, mas o fato é que já chegou em casa. No entanto, mal consegue ler as placas, pois seus olhos estão muito inchados e cheios de lágrimas.

Totalmente desesperada, pensa no que deve fazer nessa noite mais do que arruinada e, de modo geral, nesse momento da sua vida. Uma vida que Ben estragou, resmunga ela internamente, embora logo se sinta culpada por esse pensamento tão furioso e até cheio de ódio.

Sem ponderar os prós e os contras, segue o impulso de pegar a saída seguinte, com a esperança de que sua mãe esteja em casa e tenha tempo para ela.

Aliviada ao ver luz na sala, poucos minutos depois Clara toca a campainha do apartamento.

– Clara, meu amor, o que foi? – Perplexa, Karin olha para a filha e logo a abraça.

– Ah, mãe, é tudo tão horrível! – murmura Clara, escondendo o rosto no pescoço da mãe. Chora com muita tristeza.

– Está tudo bem, meu amor, está tudo bem – diz Karin baixinho, acariciando suavemente a cabeça de Clara. – Agora entre. Vou dizer ao Reinhard que você está aqui. Depois, vou preparar seu chá preferido, e você me conta tudo com calma se quiser. Está bem?

Embora tenha dado umas cochiladas no sofá da sala, cansada da noite exaustiva, da intensa conversa com sua mãe e talvez também de tudo o que viveu e sofreu nos últimos meses, nesse momento Clara está bem acordada na cama de hóspedes, que exala um perfume reconfortante de roupa de cama recém-lavada.

As palavras de sua mãe ainda ecoam em sua mente. Quanto mais Clara pensa a respeito, mais tranquila se sente.

Fez muito bem a ela finalmente ter podido se lamentar sem reservas do golpe que o destino lhe preparou; do sentimento de culpa que ainda a acomete com regularidade persistente; da enorme esperança que um novo amor lhe deu em vão; e do fato de essa esperança, ao que parece, não ter sido mais do que uma minúscula boia salva-vidas em um gigantesco oceano.

No começo, sua mãe não entendeu que o maior problema não era a bisbilhotice de Sven. Ao contrário, até defendeu o comportamento dele, pois isso só mostrava o quanto esse homem se interessava por ela. Mas sua mãe também teve de admitir que curiosidade tem limite.

Clara esteve a ponto de fechar-se em si mesma, deixando de se abrir para o mundo como vinha fazendo. Ao final, certamente se sentiria ainda mais sozinha e incompreendida. Mas não precisou dar mais explicações, pois de repente sua mãe conseguiu entender como ela se sentia. Pareceu-lhe até totalmente compreensível por que Clara tinha tanta dificuldade para confiar em outra pessoa. Ainda que essa pessoa não tenha fugido ao descobrir o quanto ela ainda estava presa a seu próprio passado. Entendeu até mesmo a preocupação de Clara de que Sven não fosse capaz de se envolver de fato com ela e de que o entusiasmo da paixão se devesse apenas à euforia inicial.

Sem arrogância nem presunção, sua mãe conduziu-a exatamente ao ponto que mais afetava Clara em seu íntimo: sua legítima preocupação de que talvez nunca mais pudesse confiar em alguém de novo, bem como seu medo enorme de que abusassem de seus sentimentos e, ao final, ela se visse mais uma vez impotente, sozinha e abandonada.

E justamente quando Clara começava a se perguntar até que ponto poderia confiar em sua mãe e nos conselhos dela, Karin trouxe uma nova perspectiva para a conversa, na qual Clara não conseguiu mais parar de pensar.

Clara tinha explicado que estava prestes a contar a Sven toda a história com Ben, porque ele lhe transmitia a sensação de se interessar por ela de verdade. Nesse momento, sua mãe lhe perguntou o que ela sabia sobre a vida privada de Sven. E, de repente, Clara se lembrou das palavras cristalinas dele sobre ter recuperado a esperança. Foi corajoso da parte dele ser tão sincero com ela.

– Então, você sabe como ele está se sentindo agora – declarou sua mãe em seguida. – Ele ia se abrir com você e deixar que se aproximasse. Revelou algo de seu passado e de sua intimidade e, de um momento para o outro, você o deixou, sem nenhuma explicação.

Disse essa frase elementar sem lhe atribuir nenhuma culpa, simplesmente com uma voz neutra, que lhe falava como através de um espelho.

Nesse momento, Clara não pôde deixar de pensar em Katja, que sempre teve dificuldade para deixar que os homens de fato se aproximassem dela. Embora tivesse sofrido uma grande decepção, como por milagre sua amiga conheceu Andy, um homem que parecia fazer dela uma pessoa mais serena e menos cínica. Clara sente que a amiga foi envolvida por uma onda de reconciliação. De repente, entende que a felicidade de Katja também se deve à sua própria infelicidade. Se Ben não a tivesse deixado, Katja não teria insistido tanto em bancar a alcoviteira e talvez nunca tivesse conhecido e aprendido a amar Andy.

Clara sorri timidamente em meio à escuridão. Continua a pensar sobre como Sven teria descoberto seu apelido. Mentalmente, passeia por seu apartamento e pelo ateliê, pensando se haveria algum bilhete, uma carta, uma capa de CD ou qualquer outra coisa que ele pudesse ter encontrado enquanto ela ainda dormia ou estava desatenta.

Talvez ele simplesmente tenha vasculhado seu celular para descobrir se ela saía com mais alguém e se era confiável. É possível que, ao fazer isso, tenha lido algum SMS enviado a Ben.

Contudo, sua intuição lhe diz que Sven não faria algo do gênero. Além do mais, se não fosse assim, dificilmente ele teria se aproximado dela. Mas se ele de fato tivesse visto alguma mensagem enviada a Ben, Clara sentiria um impulso ainda maior de contar tudo a ele o quanto antes.

Bem mais calma e completamente satisfeita com sua conclusão, decide ligar para ele no dia seguinte logo pela manhã. Adoraria mandar-lhe nesse mesmo instante um SMS, como sempre fazia com Ben quando sentia necessidade de desabafar. Que pena não ter seu número!

Mas, de repente, Clara fica eufórica. Talvez ele já tenha tentado entrar em contato com ela! Será que deve ligar o celular, que desligou logo que parou no primeiro semáforo vermelho em Altona, para deixar bem claro que não queria conversa com ele?

Clara caminha sem fazer barulho no corredor para não acordar sua mãe nem Reinhard. No escuro, procura sua bolsa, apanha o celular e vai para o terraço a fim de respirar fundo antes de consultar as mensagens.

Com os dedos trêmulos, digita a senha e espera com impaciência, até a tela finalmente mostrar que está conectada. Estava certa! Três chamadas não atendidas e um SMS recebido nesse intervalo.

Primeiro, Clara liga para a caixa postal. As ligações são de Sven, que aparentemente tentou falar com ela do seu telefone fixo. Mas Clara fica decepcionada porque ele não deixou nenhuma mensagem. Nervosa, consulta as mensagens recebidas.

Mas o que é isso? Clara não consegue acreditar no que vê. Sente que seu coração está para explodir de emoção.

Recebeu uma mensagem de Ben...

Sven

"Ufa! Já estou me sentindo melhor!", suspira Sven para si mesmo ao chegar em casa, depois de correr por um quilômetro à beira da água.

Embora tenha reduzido a velocidade nos últimos metros, seu medidor de frequência começa a apitar de repente enquanto ele sobe a escada. Na realidade, pouco importa a rapidez com que subiu. Ele já deveria estar suficientemente em forma para seu pulso não ultrapassar 140 batimentos por minuto após poucos lances de escada.

No entanto, já não tem nenhuma dúvida sobre o grande poder que Clara exerce sobre ele e seu corpo. Embora se sinta impotente desde que ela foi embora e tenha se obrigado a treinar para valer, nessa manhã resolveu não levar seu iPhone consigo. Assim, pôde se distanciar um pouco do caos emocional. E, nesse momento, sua ansiedade para saber se Clara o procurou aumenta a cada degrau. Ao mesmo tempo, Sven se irrita porque tudo indica que seu esforço nos esportes não foi recompensado com resultados.

Seja como for, finalmente está com a consciência tranquila. Após ter ligado três vezes para o celular de Clara de seu telefone fixo sem ser atendido, acabou enviando para ela uma mensagem de seu celular. Passou horas aprimorando o texto, sopesando várias vezes cada formulação. Usou como base o rascunho salvo semanas antes. Mas o texto do SMS também tinha de deixar claro o quanto ele se arrependia por não ter enviado a mensagem antes, pois tinha muito medo de nunca conhecer de verdade Clara nem Mô.

Nesse momento, nada mais resta a Sven além de esperar por uma possível resposta. Ao mesmo tempo, tem de se resignar e, aos poucos, superar essa triste experiência para não se atormentar por mais tempo inutilmente. Desta vez, não vai deixar seu coração sangrar até não poder mais.

Quando chega ao seu andar, após uma eternidade, tem a sensação de se mover em câmera lenta. Arrasta-se com esforço até o balcão da cozinha, pega o celular e olha a tela.

Sven mal pôde acreditar. De repente, tem a sensação de que seu coração vai parar de vez. Recebeu uma mensagem!

Uma mensagem de Clara!

É como se tivessem tirado um bloco de cimento de cima dele. Pelo menos ela respondeu. Ainda não consegue acreditar, mas sorri quando seus olhos, brilhando, começam a ler a mensagem.

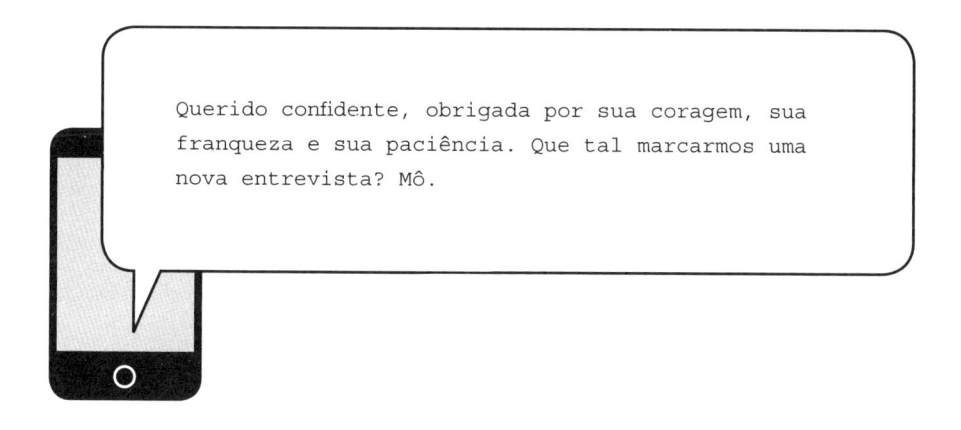

> Querido confidente, obrigada por sua coragem, sua franqueza e sua paciência. Que tal marcarmos uma nova entrevista? Mô.

Sven conta as letras e os espaços. São 119 caracteres. Com certeza, Clara pensou muito bem em cada palavra. Imediatamente, começa a responder:

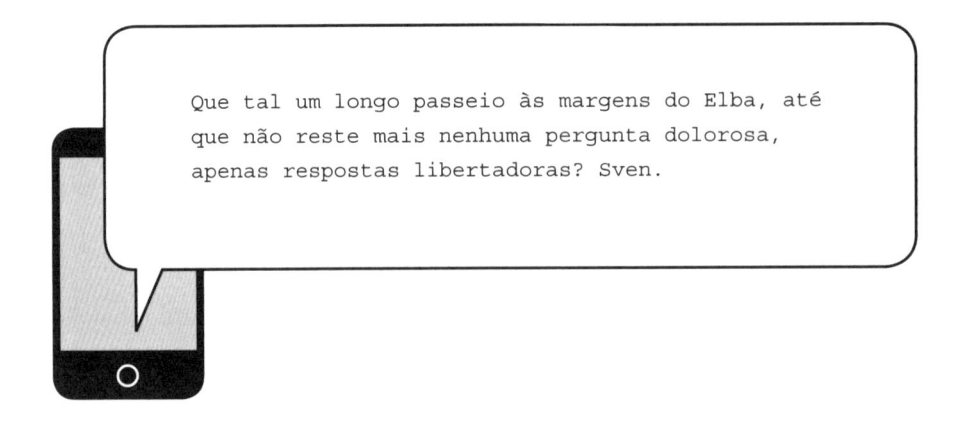

> Que tal um longo passeio às margens do Elba, até que não reste mais nenhuma pergunta dolorosa, apenas respostas libertadoras? Sven.

A resposta não demorou nem um minuto.

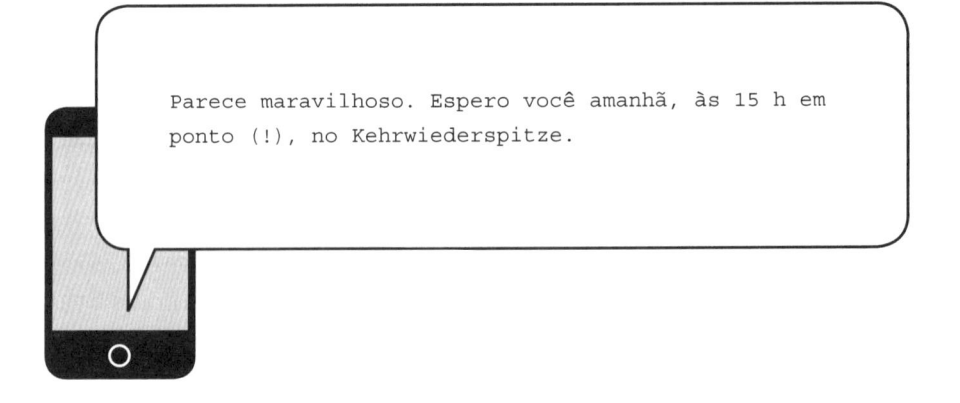

> Parece maravilhoso. Espero você amanhã, às 15 h em ponto (!), no Kehrwiederspitze.

Clara

Ao cruzar as pontes sobre o rio Elba, Clara não pôde deixar de pensar no barquinho de papel que, ao menos em teoria, deve ter chegado ao mar do Norte após sua longa viagem desde Hamburgo.

Sven sugeriu justamente um passeio às margens do Elba! É quase tão mágico quanto o fato de ter sido Ben quem a levou até Sven e a reconduziu à vida.

Clara ainda não contou a ninguém sobre todas as mensagens nem sobre suas "dificuldades de comunicação", e chega a temer que não acreditem nela. Mas agora isso não tem importância. O importante é no que acredita nesse momento.

Para começar, acha que chegará muito atrasada. No entanto, seu atraso não é de forma alguma uma pequena vingança contra Sven, e, sim, uma espécie de reparação com desvantagem estratégica. É que prefere esperar sentada e tranquila em algum banco perto de Landungbrücken, para observar Sven olhando ao redor à sua procura. Adoraria vê-lo a uma distância segura, estacionando sua bicicleta, da qual já falou tanto, como se fosse sua melhor companheira, ou passando as mãos novamente pelos cabelos despenteados. Clara também adoraria observar seu modo de caminhar. Já não consegue se lembrar direito desse detalhe. Desde o primeiro encontro na estação, caminharam lado a lado até o apartamento dela, e até de braço dado.

Já são cinco para as três. Portanto, não há como Clara chegar pontualmente ao local combinado para o encontro. Embora ela tenha optado pela rota que atravessa o porto e HafenCity, para desviar de possíveis semáforos fechados, só consegue chegar à região de Kehrwiederspitze às 15h10. Tem de estacionar o carro em uma vaga minúscula e, para tanto, precisa fazer várias manobras. Afinal, não quer de modo algum passar vergonha diante de Sven se mais tarde ele a acompanhar até o carro ou até pegar uma carona com ela.

A passos rápidos, aproxima-se da água cintilante. O sol brilha e tudo indica que eles não foram os únicos a marcar um passeio no porto. Com certeza, nesse momento é ele quem está com a vantagem de esperá-la sentado em um banco. E, apesar de se esforçar para avistá-lo, Clara não consegue localizá-lo em parte alguma.

Nervosa, olha novamente ao redor e passa a língua nos dentes, para que nenhuma marca de batom possa estragar seu sorriso. Tem vontade de voltar para o carro e usar o *spray* bucal que sempre traz no porta-luvas.

Após dez minutos, Clara não avista Sven em lugar nenhum e dá mais uma olhada no celular por precaução. Talvez ele tenha enviado uma mensagem para avisar que está atrasado. E justamente quando está para abrir a tampa do telefone, surge na tela o aviso "chamada de Sven".

Clara fica muito feliz porque, depois da hesitação inicial, deu o passo ousado de trocar o nome de Ben por Sven em sua agenda de contatos.

– Onde você está? – pergunta Clara, continuando a procurá-lo.

– Bonita a sua blusa. – A voz de Sven soa segura e triunfante.

– Ah, malvado... Cadê você?

– Que bom que não está usando os mesmos sapatos de antes de ontem. Eram muito sensuais, mas com aqueles saltos não conseguiríamos caminhar nem um quilômetro hoje...

– Onde você está, afinal? – O anseio desesperado de Clara aumenta cada vez mais.

– Bom, eu fui pontual!

– E eu não. Sinto muito. Mas agora você já pode me tirar do castigo e aparecer.

– Vire 360 graus para a direita, depois 180 para a esquerda.

–Rá! Rá! Rá! Muito engraçado!

– Foi só um teste. Enfim, estacionar também não é o seu forte...

– Ah, você não presta! Seu negócio é ficar espiando as moças, não é?

– Com certeza! Sobretudo quando são tão bonitas como você!

Finalmente seus olhares se encontram. Clara suspira e acena para Sven do outro lado da rua. Ele está bem na frente da vaga em que ela estacionou seu carro. De onde Clara se encontra nesse momento, o espaço parece gigantesco.

Enquanto Sven vai até ela, ambos guardam seus celulares a fim de deixarem as mãos livres para um longo e forte abraço. Quando se tocam, Clara não consegue conter algumas lágrimas, embora esteja muito feliz, ou justamente por isso.

Depois de muitas palavras e de muitos passos ao longo do rio Elba, chegam a um local onde se veem poucas pessoas passeando ou correndo, e Sven sugere que retornem.

– Você parece ter planejado fazer mais coisas comigo hoje – afirma Clara, finalmente conseguindo sorrir de novo.

– É verdade – responde Sven em voz baixa, acariciando seu rosto com delicadeza.

– Mas uma coisa eu ainda não entendi. Como é possível hoje em dia transferirem um número de celular com tanta rapidez para outra pessoa?

– Pois é, me informei a respcito.

– Entendo. Jornalismo investigativo, não é?

– Isso mesmo. Mas, para dizer a verdade, não consegui avançar muito...

Clara olhar para Sven com ar interrogativo.

– Bom – diz ele –, é meio estranho mesmo, porque os números permanecem bloqueados por um prazo de seis meses após o encerramento do contrato, e somente então são repassados a outra pessoa. Talvez nosso caso seja resultado de uma falha técnica.

– De todo modo, foi uma feliz coincidência, não? – diz Clara em voz baixa, enquanto olha pensativa para a água. Respira fundo. E como hoje já conseguiu contar a Sven muitos pensamentos, que teve de resgatar no fundo de si mesma, arrisca-se a pronunciar a próxima frase com um sorriso satisfeito: – E, quem sabe? Talvez não tenha sido nenhuma coincidência.